은모든

2018년《한국경제》신춘문예 장편소설 부문에
『애주가의 결심』이 당선되며 작품 활동을 시작했다.
낸 책으로『꿈은, 미니멀리즘』『안락』『마냥, 슬슬』등이 있다.

모두
너와
이야기하고
싶어 해

오늘의 젊은 작가 27

모두 너와 이야기하고 싶어 해

은모든
장편소설

민음사

차례

1부

화요일 오후까지 꽉 채워 사흘을 쉰다.

세찬 빗발에 운동화가 젖고 바짓단도 한 뼘 가까이 축축해졌지만 휴가를 앞둔 경진의 표정은 밝았다. 딱 한 가지 아쉬운 게 있다면 내일 오전에 할 수업을 하나 남겨 두었다는 점인데 3년째 가르치고 있는 아이라 긴장할 만한 요소는 없었다. 그러고 나면 토요일 오후부터 화요일 저녁 수업 전까지 3일간의 휴가를 맞이하는 것이다.

이틀 연속으로 쉰 일도 까마득한데 3일이라니. 경진은 이런 밤에 어울리는 작은 호사를 누리고자 집으로 향하던 걸음을 돌려 편의점에 들렀다. 거침없이 캔 맥주를 고르고 마른 안주도 집어 들었다. 집에 들어선 뒤에는 욕조에 물부터 받았다. 하나 남은 민트 빛깔 입욕제를 풀자 욕실은 순식간에 바다 향기로 가득 찼다.

휴대폰 벨이 울린 것은 욕실 밖으로 나온 경진이 막 냉장고 문을 열었을 때였다. 자정이 되기 15분 전이었다.

"늦은 시간에 죄송합니다."

해미의 어머니가 깍듯한 어투로 말문을 열었다. 그녀는 야근을 마치고 집에 돌아와 보니 해미가 집에 없더라고 말했다. 이 시간에 방에 불도 켜 놓은 채 어디 갔나 싶어서 딸에게 전화를 걸어 보았으나 전원이 꺼져 있더라는 것이었다.

"선생님, 오늘 수업 삼사십 분쯤 전에 마치신 거죠? 혹시 수업하시면서 해미한테 무슨 이상한 점 없었나요?"

"딱히 이상하다고 할 만한 건……" 하고 경진은 잠시 시간을 벌었다. 평소와 다른 점이 없었다고 잘라 말하기에는 다소 찜찜한 구석이 있었기 때문이었다.

세 시간 전에 경진은 여느 금요일과 마찬가지로 해미의 집을 방문했다. 지금껏 한 번도 그런 일이 없었건만 해미는 숙제를 못 했다고 말했다. 목소리에 한숨이 섞여 있었다.

"오늘따라 기운이 없는 거야? 아님 기분이 별로인 거야?"

경진의 질문에 해미는 학교에서 혼났다며 당장이라도 책상에 엎드릴 듯이 몸을 숙였다. 무슨 잘못이라도 했느냐는 질문에는 고개를 저었다.

"저만 혼난 거 아니에요. 반 전체가 혼났어요."

해미는 어째서 그런 일이 생겼느냐고 물어봐 주었으면 하는 눈치였지만 경진은 궁금하지 않았다. 안 들어도 알겠다 싶었던 것이다. 그간 해미에게 학급 분위기가 어수선하다는 불평을 들은 게 여러 번이었다.

"솔직히 한 번쯤 혼날 때도 됐지 뭐. 해미 네가 보기에도 제대로 수업을 듣는 애들이 반도 안 되는 것 같다고 그랬지? 10년 전만 해도 평범한 인문계 고등학교 분위기가 그런 거 상상도 못 했어. 혼내는 선생님들도 심란할걸?"

"그런 게 아니에요." 해미의 목소리가 움츠러들었다. "그게 아니라 이번에 저희 반 애들이 다 같이……"

"그래, 아니라고 치자. 그렇더라도 전에는 학교에서 툭하면 맞고 벌서고 그랬다니까? 그래도 지금은 수업 시간에 가만히만 앉아서 듣고 있으면 누가 안 건드리잖아. 왜 그것도 못 하니. 그게 뭐 그렇게 어려운 일이라고."

해미는 건성으로 고개를 끄덕이며 교재를 폈다. 시선을 내리깔고 윗니로 아랫입술을 깨무는 것을 보아하니 뭔가 아직 할 말이 더 남은 모양이었다. 해미는 이럴 때 할 말이 남았느냐고 직접적으로 물으면 고개를 저었으나 차분히 기다려 주면 하고 싶은 말을 털어놓았다. 경진은 해미를 화요일과 금요일 밤, 일주일에 두 번씩 1년 남짓 만나 왔다. 그동안 해미의 내밀한 고민에까지는 관심을 기울이지 못했지만 그 정도는 알고 있었다. 그러므로 경진은 더더욱 해미에게 뭔가 하고 싶은 말이 남았는지 묻지 않았다. 앞선 두 수업에서 질리도록 입씨름을 하고 온 터였다. 빗길에 차가 막혀 저녁 식사마저 김밥 한 줄로 때웠다. 해미의 마음을 세세하게 살필 만한 기력이 남아 있지 않았다.

다음 순간 해미는 자세를 바로 하더니 오늘은 한 시간만 수업하고 다음 주에 보강을 하면 안 되겠느냐고 물었다. 경진은 못 이기는 척 승낙한 뒤 10시쯤 나와 서둘러 집에 돌아왔다.

이런 일이 있을 줄 알았더라면 해미 어머니에게 수업을 일찍 마쳤다는 메시지를 보내 놓았으련만. 경진은 때늦은 후회를 하며 학부모의 마음이 놓일 만한 말을 늘어놓았다. 독서실에 교재를 가지러 갔을 수도 있고, 편의점에 다녀오는 것일 수도 있다고. 해미는 걱정될 만한 일을 저지를 아이가 아니고 질이 나쁜 친구를 사귀는 것 같지도 않으니 아무 일도 없을 것이라고 말이다. 다만 앞으로는 수업 시간을 조정하면 곧바로 어머니께 메시지를 남겨 두겠다는 이야기를 정중하게 덧붙였다.

"네. 그래 주세요, 선생님. 그리고 저희 남편이 무슨 일 하는 사람인지는 제가 더 말씀 안 드려도 되겠죠? 구설수에 오르면 안 되는 일이잖아요. 선생님도 아시겠지만……"

"그럼요, 입조심할게요, 어머님. 걱정 마세요." 경진이 재빨리 대답했다.

대답은 그렇게 했지만 구설수에 오를 만한 일이라니. 경진은 사서 걱정이다 싶어서 코웃음 쳤다. 몇 분 지나지 않아 편의점 봉투를 든 해미가 집에 돌아와서 어머니에게 잔소리 들을 일이 눈앞에 그려지는 듯했다. 만약 내기를 한다면 해미에게 아무 일 없으리라는 데 내일부터 시작될 3일의 휴가라도 걸 수 있었다. 그러면서 식탁 의자에 앉은 경진은 엉덩이에 닿는 이물감에 깜짝 놀라 도로 일어났다. 의자 한가운데 놓인 안경의 다리 한쪽이 휘어 바깥으로 벌어져 있었다. 어째서 안경을 식탁 위도 아니고 의자에 벗어 놓았는지 모를 일이었다.

뜨거운 물로 덥힌 몸이 식어 가고 있었다. 봄밤치고는 집 안 공기가 싸늘했다. 보일러를 트는 대신 반팔 티셔츠 위에 카디건을 걸치고서 찻물을 올리려고 싱크대 앞에 섰을 때 경찰차의 사이렌 소리가 들려왔다. 평소 같으면 흘려들었을 소리에 마음이 쓰여 창밖을 바라보았지만 경찰차는 이미 근처를 지나간 것 같았다. 쉼 없이 내리는 비 때문인지 인도는 물론 4차선 도로까지 거리는 텅 비어 있었다.

이튿날 아침, 경진은 알람을 끄자마자 침대 맞은편 창부터 열었다. 새벽까지 내리던 비는 말끔히 그쳤고 비로소 5월에 걸맞은 하늘빛이 시야에 들어왔다. 비스듬히 누워서 창밖을 바라보던 경진은 레이스 커튼 쪽으로 시선을 옮겼다. 간밤 꿈에 등장한 엄마의 모습이 떠올랐다. 엄마는 마지막으로 만난 2년 전 그때처럼 커튼을 가리키며 소리를 질렀고 진정시켜 보려 했으나 역부족이었다. 꿈에서도 경진은 엄마를 말릴 방도를 찾지 못했다.

돌아누워 휴대폰을 집어 든 순간 경진은 해미 어머니에게 메시지를 하나쯤 보내 두어야 한다는 데 생각이 미쳤다. 별것 아닌 일이건만 귀찮게 느껴져서 30분 가까이 하릴없이 인터넷 서핑을 한 뒤에야 해치울 수 있었다. 그러고 나자 오전 수업을 하러 가기 전에 안경원에 들를 정도의 시간 여유밖에 남지 않았다. 아침은 이틀 전에 사다 둔 삼각김밥으로 때웠다.

안경원 주인은 안경테의 상태를 살피더니 약간만 손을 보면 되겠다고 알렸다. 등받이 없는 의자에 걸터앉아 기다리던 경진은 해미 어머니에게 답신이 오지 않았는지 휴대폰을 확인한 후 안경원 한쪽 벽에 위치한 실내 수족관 쪽으로 시선을 돌렸다.

수족관 안에서 단연 눈에 띄는 존재는 클라운피시였다. 선명한 오렌지빛 몸체에 그어진 하얀 세로줄 무늬, 말단이 동글

동글한 선으로 이루어진 클라운피시는 과외 수업을 하면서 학생들이 지루해할 때 곧잘 언급하는 화제 중 하나였다. 클라운피시는 몰라도 「니모를 찾아서」를 모르는 학생은 없었기 때문이다.

"니모의 모델이 된 물고기 클라운피시랑 말미잘이 서로 도우면서 사는 거 아니? 클라운피시 중에는 일종의 트랜스젠더도 나오는 거 알아?"라고 물으면 "트랜스젠더요?" 하고 되묻는 어투에 백발백중 놀라움이 배어 나왔다.

"귀엽죠." 가공실에서 나온 안경원 주인이 수족관을 흐뭇하게 쳐다보았다.

"얘들 보고 있으면 시간 가는 줄 모르겠어요."

경진의 말에 안경원 주인은 덤덤한 어투로 "예, 맞아요. 사실 저는 한 반년 넘게 수족관만 들여다본 적도 있으니까요." 하고 답했다.

"반년이나요?"

"정확히 말씀드리면 7개월하고 이틀 동안 멍하니 집에만 있다시피 했으니까요."

"네……."

경진은 집에서 가까운 이 안경원에서 작년에 안경을 맞췄고 일회용 렌즈를 구매하기 위해 두어 번 더 방문했다. 안경원 주인과 직원 역시 경진의 얼굴은 기억하는 듯했지만 이름을 외우거나 안부를 물을 만한 사이는 아니었다. 그런데 어째서 갑자기 이토록 내밀한 이야기를 하는 것일까. 영문을 알 수 없어 별다른 대꾸를 하지 않는데도 아랑곳없이 주인은 오랜 친구를 대하는 양 태연하게 말을 이었다.

"사회생활 처음 하면서 눈치 보는 거야 누군들 마찬가지겠지만 저는 첫 직장 들어갔을 때가 IMF 직후여서, 정말 어렵게 얻은 자리라 더 심했어요. 면접 때 견마지로를 다하겠다고 그랬던 게 지금도 생각나네요. 그거 진심이었어요. 회사에서 죽으라면 죽어야겠다는 각오로 들어갔거든요. 아무리 이치에 안 맞는 일을 시켜도 찍소리 안 했고, 야근 수당은 꿈도 못 꾸면서 이리저리 굴려도 어떻게든 버텼죠. 여기서 나가면 절벽이다 싶어서요. 그렇게 버텼는데 정작 회사가 못 버티더라고요. 한동안 어수선하다 싶더니 인수 합병이 돼 버리는 거예요. 일단 대기업이 먹으려고 입을 한번 쩍 벌렸다 하면 잡아먹히는 건 순식간이더라고요."

그는 그 일을 겪고 나서 좌절할 겨를도 없이 먼 친척이 소개한 제과 회사에 영업 사원으로 들어갔다고 했다. 첫 직장에 다닐 때보다 더욱 절박한 심경이었지만, 애초에 자신은 영업 사원으로 자리를 잡을 만한 자질이 없는 사람이라는 사실을 알게 되는 데까지는 그리 오랜 시간이 걸리지 않았다. 게다가 상상을 뛰어넘는 실적 압박으로 인해 극심한 두통에 시달리

게 되었다. 진통제가 듣지 않는 지경에 이르러 MRI 검사까지
해 보았지만 병원에서는 이상이 없다는 말뿐이었다. 결국 1년
만에 도망치듯 퇴사한 후 방에 틀어박혀 있었다고 했다.

처음에는 딱 사흘만 쉬자고 생각한 게 금세 보름이 됐고,
한 달을 집 밖에 나가지 않으니 현관문을 나서는 것이 다신
못 할 일처럼 겁이 나더라고 그는 말했다. 그렇게 방에서 시
간을 죽이면서도 매일 날짜를 셌다. 그러다 다시 바깥으로 나
가야겠다고 마음을 먹게 된 계기는 갑자기 찾아왔다.

"어머니 가르마 때문이었어요."

안경원 주인은 그렇게 말하며 마른침을 삼켰다. 어머니는
아들이 집 밖 출입을 포기한 채 한 계절을 지날 즈음부터 스
트레스성 원형 탈모증을 앓게 됐다. 식탁 위의 약봉지를 보면
서 죄스러웠지만 어쩔 도리가 없다는 무력감이 그를 지배하
고 있었다. 그러던 어느 날 외출을 앞둔 어머니가 휑한 정수
리를 가리기 위해 필사적으로 가르마를 바꿔 타는 모습을 보
며 그는 벼락을 맞은 심정이었다. 그 순간은 죽어서도 못 잊
을 거라고 그는 설명했다. 물론 그날부로 곧장 상황이 나아진
것은 아니지만 그래도 조금씩 문밖으로 나올 수 있었다고 했
다.

"벌써 20년도 더 된 일이네요. 요즘처럼 은둔형 외톨이라는
말도 없었던 땐데 어머니가 저 때문에 얼마나 속이 문드러졌

을지…… 생각하면 기가 막힌 일이죠. 안경 여기 나왔습니다."

매번 손님에게 안경을 건네기 전에 항상 자신의 인생 역정을 들려주기라도 하는 듯 안경점 주인은 자연스러운 태도로 안경을 내밀었다. 경진은 별일이 다 있다고 생각하며 값을 치르고 안경원에서 나왔다. 얼떨떨한 기분에 안경을 손에 쥐고 있다가 건널목 앞에 다다라서야 썼다. 수업에 늦지나 않을까 싶어 휴대폰을 꺼내 들었는데 해미 어머니에게서 메시지가 도착해 있었다.

해미 소식은 아직입니다.

찾으면 선생님께도 연락드릴게요.

메시지를 확인한 경진은 놀란 나머지 손에서 휴대폰을 떨어뜨릴 뻔했다. 지금까지 소식이 없다니. 사태가 이렇게 흘러가리라고 상상도 못 했던 경진은 10대 소녀를 대상으로 한 강력 범죄를 보도하는 뉴스의 이미지가 마구잡이로 떠올라 신호등이 바뀐 줄도 몰랐다.

돌이켜 보니 해미는 현관문 앞에서 경진을 배웅하면서도 뭔가 할 말이 남은 듯한 표정이었던 것 같았다. 아랫입술을 깨물고 있었던 것 같기도 했다. 그런 것 같기는 한데 단언할 만큼 확신이 들지 않아서 경진은 해미 어머니에게 그 사실을 전해야 하는지 알 수 없었다. 가늠 길 없는 꺼림칙한 기분으로 발걸음을 재촉할 뿐이었다.

아파트 엘리베이터에서 내리며 경진은 어떤 집이 텔레비전 볼륨을 굉장히 크게 틀어 놓았나 보다 생각했고, 윤희네 현관 앞에 섰을 때는 그게 텔레비전 소음이 아니라 집 안에서 다투는 소리라는 것을 알아챘다. 벨 소리와 동시에 고성이 멈췄고, 위장에 날카로운 통증이 스쳤다. 현관문이 열리자 윤희 어머니와 윤희는 약속이나 한 듯 고개만 꾸벅 숙여 인사했다.

"선생님, 저 과외비 조금만 깎아 주면 안 돼요?" 경진과 함께 자기 방 책상 앞에 앉자마자 윤희가 말했다. "안 되겠죠? 미안해요."

"집에 무슨 일이 있니?" 하고 물으면서 경진은 실은 알고 싶지 않은데 하고 생각했다. 윤희는 무슨 말을 꺼내려다 방문 쪽을 흘긋 보더니 연습장을 펴고

아빠가 또 사고 친 것 같아요 라고 썼다.

"어머니가 뭐라고 그러서?" 경진이 윤희의 귓가에 대고 소근거렸다. "그래서 엄마랑 싸운 거야?"

"느낌이 그래요." 윤희는 그렇게 말한 뒤

또 망했나 봐요 ~~아빠~~ 요새 집에 잘 들어오지도 않아요

그냥 빨리 이혼해 버렸으면 좋겠어요

라고 썼다. 그리고 아빠라는 글자조차 보기 싫다는 듯 그 위에 빨간 볼펜으로 마구 빗금을 그었다.

"빨리? 그럼 벌써 이혼 얘기가 나온 거야?"

경진의 질문에 윤희는 대답 대신 목소리를 낮추라는 몸짓을 했다. 그러더니 "아빠는 사기꾼이에요, 엄마만 고생시키는 기생충이에요."라고 내뱉고서 교재를 폈다.

경진은 생물학 전공을 살려 과학을 가르치기 시작한 이후 수학을 병행하며 본격적으로 과외를 업으로 삼은 지 올해로 5년 차가 되었다. 그동안 부모의 이혼을 받아들이지 못해 마음을 잡지 못하는 아이도 가르쳐 보았고, 부모가 이혼할지 모른다는 불안감에 시달리는 아이도 만나 보았다. 그러나 부모가 이혼하기를 원한다는 학생은 처음이었다. 경진은 2년 가까이 토요일마다 이 집에 드나들었지만 윤희의 아버지를 본 적이 단 한 번도 없다는 사실을 문득 깨달았다. 윤희 어머니는 공인중개사라고 알고 있었으나 아버지의 직업을 들은 기억이 없다는 데도 생각이 미쳤다.

"선생님, 지금 잠깐 시간 괜찮으세요?"

수업을 마치자마자 배가 고프다며 부엌으로 향한 윤희와 교대하듯 윤희 어머니가 방으로 들어왔다. 딸의 모의고사 결과가 나왔을 때만 상담을 요청하던 그녀의 갑작스러운 질문에 경진은 우선 온화한 미소를 지어 보였다. 그러면서 시간이 넉넉지 않다는 듯 시계를 확인하는 시늉을 잊지 않았다.

"제가 저거 때문에 못 살겠어요, 선생님. 윤희가 선생님한테는 뭐라고 하던가요?"

"아뇨, 어머님. 윤희 오늘 수업 침착하게 잘 받았습니다." 경진은 다시금 목소리를 낮춰 말했다. "굳이 말씀을 드린다면 혹시 요새 집안 사정이 좀, 평소보다는 긴축이 필요해 보인다고, 그 점을 윤희가 염려하는 것 같기는 했어요."

"그 점쟁이가 참, 용하네." 윤희 어머니가 혼잣말하듯 읊조렸다. "선생님은 점 같은 거 안 믿으시죠?"

경진은 질문의 의도를 파악하지 못한 채 그런 편이라고 대답했다.

"우리 집도 그랬어요. 우리 어머니는 미신이라면 질색이었거든요. 우리 어머니, 내가 고등학교 졸업하자마자 가셨어요. 교통사고로요. 그날도 동트기 전부터 일 나가시다가 변을 당한 거예요. 한평생 고생만 하시다가, 제주도 여행 한 번을 같이 못 가 보고, 지금 생각해도 그게 참 한이 남아요."

경진은 여전히 이야기의 갈피를 잡지 못한 채 그러셨군요 하고 대꾸했다. 그러고는 손목시계에 한 번 더 시선을 주었다.

"암튼 그랬으니 남편네 집에 처음 인사드리러 갔을 때 안방 한 귀퉁이에 부적이 떡하니 붙은 걸 보고 내가 좀 놀랐겠어요? 기분이 영 께름칙한데 그래도 차분히 보니까 시댁 어른들 느낌이 인자하고 좋더라고요. 남편 큰누나가 후덕하니 특히 인상이 좋은데, 그 이튿날 따로 나한테 연락을 해서 그러는 거예요. 우리 부모님들이 워낙 옛날 분들이라 궁합 같은 거에 얽매이는 걸 어쩌겠느냐고요. 차라리 자기가 안면이 있는 철학관을 소개해 줄 테니 얼른 해치운다 생각하고 거기 가서 궁합을 보고 오라대요. 그러면 만에 하나 궁합이 좋지 않더라도 적당히 말을 맞춰 줄 거라고요."

예비 시누이의 권유를 따르기로 하고 생전 처음 역술인을 마주 하고 앉았던 그때 그녀는 궁합보다 피부 관리 비결을 묻고 싶더라고 했다. 대략 60대 중후반, 못해도 60대 초반으로 보이는 역술인의 피부가 어찌나 맑고 환하던지 자꾸만 흘끔거리게 되더라는 것이었다. 백옥 같은 피부라는 말을 절감하며 투명한 볼과 주름 하나 없는 목을 흘끔거리던 그녀에게 역술인이 건넨 첫마디는 "아가씨, 이 남자 아니면 못 살겠어?"라는 말이었다.

"서글서글하니 성격이야 착하지만 고생이 구만린데."

역술인이 딱하다는 듯 혀를 찼다.

"다른 여자가 있는 건 아니지?" 그녀는 옆에 앉은 남자에게 묻고는 역술인을 바라보았다. "나중에라도 바람을 피우나요?"

"없어, 여자라고는 아가씨밖에. 문제는 그게 아니라 돈이야, 돈." 하고 잘라 말한 뒤 역술인은 "돈은 지금껏 직장 생활 하면서 착실하게 모아서……." 하고 항변하는 남자의 말허리를 잘랐다.

"그러니까 좀 한 회사에 딱 붙어 있으면 좋은데 그러질 못

해서 문제지. 자기 사업을 아무나 하는 게 아닌데 남 밑에서 버티면서는 사는 게 사는 거 같지 않거든. 기질이 그렇게 생겨 먹었어. 아가씨, 이 남자가 어디 나가서 사업 안 벌인다고 각서라도 써 주면 시집가. 그런다고 그게 참아질지 모르겠지만."

앞으로의 고생이 훤히 보인다는 듯 역술인은 안타까워했다. 다만 두 사람 사이에 자식복은 매우 좋다고 덧붙였다. 특히 첫째가 야무진 데다 속정이 깊어서 자랄수록 엄마의 든든한 버팀목이 되어 주리라는 것이었다.

그녀는 그 순간 눈물이 핑 돌더라고 했다. 갑작스러운 사고로 어머니를 잃은 뒤 세상에 홀로 남겨진 듯한 쓸쓸함이 마음 한편에 줄곧 눌어붙어 있었던 것이다. 그것은 가족들도, 친구도, 결혼을 약속한 남자도 달래 주지 못하는 감정이었다. 혹여 남자 친구가 남편이 된다면 나아지지 않을까 싶어 결혼을 준비하면서도 실은 기대가 크지 않았다. 어머니의 빈자리는 무엇으로도 채울 수 없으리라 여겼기 때문이었다. 그러다 역술인의 이야기를 듣고 나서 비로소 자신이 엄마가 되는 길에 생각이 미쳤다. 자녀 운에 앞서 들은 경고는 아무래도 상관없다 싶어진 그녀는 옆자리에서 무릎을 꿇고 앉아 안절부절못하는 남자의 손등에 가만히 손을 포갰다.

"윤희가 선생님 만나고 이제야 좀 수학에 가닥이 잡힌다고 분명히 지 입으로 그랬으면서 아까 갑자기 이제 혼자 공부해 보겠다고 하는 거예요. 지난달만 해도 수업을 한 타임 늘릴까 어쩔까 하더니 무슨 일이 있냐고 물어도 됐다고만 하고, 하다 안 되면 자기가 전공 지망을 바꾸면 된다면서 막무가내 우기 니까 나도 욱하더라고요. 소리부터 지르기 전에 애들 앞에서 돈 걱정을 티 내지 말았어야 하는데 우리 딸이 엄마 걱정해 주느라 그러는 줄도 몰랐지 뭐예요?"

"그런 일이 있으셨군요. 윤희가 워낙 속이 깊으니까 든든하 시겠어요."

경진은 공복감을 느꼈다. 속도 조금 쓰려서 물을 한 모금 마셨다. 윤희 어머니는 다시 한번 경진에게 윤희가 한 말에 대해 신경 쓰지 말라고 강조했다. 무슨 수를 내서라도 윤희를 제대로 먹이고 입히고 공부시킬 거라는 그녀의 어투는 자못 비장하기까지 했다.

윤희 어머니가 방문을 열고 나서자 윤희가 다가와 품에 안 겼다. 배가 고프지 않느냐 묻고, 그렇다고 답하는 모녀는 언 제 다퉜냐는 듯 다정해 보였다. 어릴 때 우리 엄마랑 언니도 툭하면 저랬는데 하고 경진은 생각했다. 두 사람은 들쑥날쑥 하는 감정으로 자주 부딪치다가도 경진이 다툼의 원인을 미 처 파악하기도 전에 화해에 이르곤 했다. 그런 엄마와 언니가 무척 별난 사람이라고 여겨 왔던 경진은 윤희네 모녀를 보며 기분이 묘했다. 어쩌면 별난 것은 자기 쪽일지도 몰랐다.

윤희네 모녀와 일별하고 엘리베이터를 기다리며 경진은 이내 아무럼 어떠냐는 심정으로 기지개를 켰다. 휴가가 본격적으로 시작된 이때 가족 중에 누가 별난 성정이냐 하는 문제는 어느 쪽이든 상관없었다. 당장 고민은 점심 메뉴 하나뿐이었다. 평소 같으면 주말 점심시간의 대기 줄이 길어 가 볼 엄두를 내지 못하던 수제버거집과 텐동집이 차례로 떠올랐다. 루꼴라를 듬뿍 얹은 화덕피자 생각도 났다. 아예 집에 치킨을 사 들고 가도 괜찮을 것 같았다.

　그러나 아파트 단지를 빠져나온 경진은 곧장 약국으로 향했다. 기름진 음식 생각을 하자 다시금 속쓰림을 느낀 탓이었다. 평소의 산발적인 위염 증세, 어제부터 제대로 식사를 챙기지 못한 사정을 전하자 약사는 친절한 미소를 짓더니 한방 성분이 들었다는 분말 형태의 약을 건넸다.

　"혹시 가족력 알아보셨나요?"

　"가족력이요?"

　입안 가득 남아 있는 쌉싸래한 약 맛 때문에 서둘러 물을 삼키던 경진을 보며 약사는 오른손을 들어 보였다. 마른 체형인 약사의 손가락은 지나치다 싶을 만큼 길고 가늘었다. "할아버지, 큰아버지, 고모, 아버지." 그녀가 손가락을 하나하나 접으면서 말했다.

　"네?"

"저희 집 어른들이 그 순서로 위암에 걸려 돌아가셨어요. 그러니까 냉정히 팩트로만 보자면 이제 제 차례인 건데요." 약사가 길쭉한 새끼손가락을 살랑살랑 흔들었다. "이렇게 약에 둘러싸여 산다고 해도 가족력이라는 건 무시무시한 거니까요."

50대 초반쯤 되어 보이는 약사는 인간은 누구나 언젠가 죽는다는 말을 가장 싫어한다고 했다. '언젠가'라는 말은 그 말처럼 막연할 때만 의미가 있기 때문이라는 것이었다. 따라서 이미 구체화된 상황에 놓인 사람에게는 더 이상 '언젠가'라는 말이 의미가 없지 않겠느냐며 경진의 동의를 구했다. 경진은 처음 보는 약사가 왜 이런 말을 자신에게 하는지, 다들 왜 이러는지 알 수 없었지만 그 말의 의미에는 공감했다.

"위염이 만성이신 분이라면 가족력을 한번 체크해 보실 필요가 있어요. 전에도 자주 뵌 듯해서 어쩐지 얘기해 드려야 할 것 같았어요. 괜히 꺼림칙하셨다면 죄송합니다."

경진은 어리둥절한 채로 감사하다고 말한 뒤 약국을 나왔다. 입안에 남은 쏩쏠한 약 맛이 가실 때까지 곱씹어 보았지만 아무래도 그곳은 처음 들른 약국이었다.

집으로 향하는 지하철에서 경진은 오늘 오전에 사람들에게 들은 이야기를, 문득 자신에게 다가와서 속사정을 털어놓던 사람들의 얼굴을 떠올렸다. 아침까지만 하더라도 경진은 그들에게서 반년 넘게 집 안에만 틀어박혀 지내던 일이나 결혼 결심을 굳히게 된 점괘, 혹은 삼대에 걸친 가족의 병력에 대해 들을 줄 상상조차 할 수 없었다. 물론 무엇보다도 경진의 예상을 뛰어넘은 것은 그 후로 해미네서 연락이 없다는 점이었다.

경진은 해미와의 대화창을 열어 부모님이 얼마나 걱정하고 계신 줄 아느냐고 적었다. 10대 시절에 한 번쯤 가출하는 일은 흔한 사건이니 그 경우에 가능성을 걸어 보기로 했다. 행여나 반발심이 들 만한 표현이 있지는 않을까 싶어 몇 번이고 메시지를 수정한 뒤 전송 버튼을 눌렀다. 그러고는 집에 도착하자마자 침대로 향했다.

바스락거리도록 뽀송뽀송한 광목 시트 위에 몸을 누인 경진은 큼지막한 베개를 휘감듯 끌어안았다. 질릴 때까지 침대에서 뒹굴거려야지. 지금 이 순간 누구도 부럽지 않았다. 그러나 낮잠을 청한 지 한 시간도 채 지나지 않아 걸려 온 전화한 통으로 휴가는 경진의 바람과 전혀 다른 방향으로 흘러가게 되었다.

2부

휴대폰 벨 소리가 울리자마자 애틋한 낮잠에서 빠져나와 벌떡 몸을 일으킨 경진은 허겁지겁 발신인을 확인한 뒤 그대로 다시 침대에 드러누웠다. 한 뼘쯤 열어 둔 창으로 우윳빛 구름이 시야에 들어왔다.

"뭐 하니?" 은주가 묻자 경진은 "누워 있지." 했다.

"오늘 수업 일찍 마쳤네. 이따가 저녁에는 뭐 할 거야?"

"누워 있을 건데."

"왜 물어보냐고도 안 물어보니?" 은주가 서운함을 내비쳤다.

"나오라고 하려는 거잖아. 나 누워 있을 거야."

"그럼 누워서 들어 봐. 내가 오늘 상견례였잖아."

"응, 그렇지." 경진은 기억하고 있었다는 양 냉큼 대꾸하며 시간을 확인했다. 뒤척이는 동안 시간이 꽤 지나서 벌써 오후 3시에 가까운 시각이었다. "잘 마쳤어?"

"……결혼이라는 걸 굳이 안 해도 충분히 살 수 있는데 말이야, 그치?

"얘기가 왜 거기로 다시 돌아갔어, 오늘 무슨 일이 있었는데 그래."

은주는 잠시 아무 말이 없었고 그러는 동안 훌쩍거리는 소리가 들리는 것 같기도 했다. 경진이 재차 괜찮으냐고 묻자 은주는 갈라진 음성으로 말문을 열었다.

"네가 당일에 갑자기 만나자고 하는 거 얼마나 싫어하는지는 아는데 나 좀 만나 주라. 내가 그 동네로 갈게. 너희 집에서 봐도 되고."

은주가 경진의 집에 도착한 것은 그로부터 30분 뒤였다. 정장 원피스를 입고 아침부터 미용실에 들렀음이 분명하게 세팅된 헤어스타일을 한 채로 얼마나 눈물을 쏟았는지 화장이다 지워진 모습이었다. 하이힐을 벗고 거실 바닥에 발을 내딛으면서 휘청거리기까지 했다.

경진이 냉동실 구석에서 꽁꽁 언 아이스 팩을 꺼내 건넸다. 식탁 의자에 걸터앉은 은주가 아이스 팩을 손에 쥐고만 있자 도로 뺏어 들고는 직접 은주의 눈두덩이 위에 대 주었다.

"누구야? 누가 이렇게 서럽게 만들었어? 남편 될 사람이야,

그 집 가족이야?"

"전부 다. 우리 엄마 아빠까지 전부 다 한통속이더라."

은주가 그렇게 내뱉더니 스타킹 위로 무릎을 긁었다. 경진이 편하게 입을 바지를 줄까 물었지만 은주는 고개를 저었다. 조금 있다가 밥을 먹으러 가자고 했다.

"그 눈을 하고 밥 얘기부터 하는 걸 보면 보상 데이인 모양이지?"

경진의 질문에 은주가 고개를 끄덕였다. CS 강사로 일하는 은주는 슬림핏 슈트가 어울리는 외모가 커리어에 영향을 미치는 분위기에 적잖은 불만을 품은 채로 불가피하게 식단을 조절하고 있었다. 그 대신 한 달에 한두 번씩 가지는 보상 데이에는 '보상'이라는 작명이 무색하지 않도록 최선을 다해 식탐을 부렸다.

"너 보상 데이에는 일단 고기부터 때려 먹잖아. 삼겹살 사 드려?"

경진의 질문에 은주가 고개를 저었다. "목이 꽉 막혀서 좀 촉촉한 걸로 가자."

"국물 있는 거면 뼈해장국? 아님 매콤하게 두루치기 잘하는 집도 있고. 거기 고기도 흑돼지 써."

"흑돼지두루치기, 딱이다."

은주는 아무것도 먹고 싶지 않다는 말에 어울릴 법한 기운 없는 어투로 메뉴를 분명히 했다. 그러고는 피식피식 웃더니 식탁 한 구석에 놓인 선인장 화분을 가리켰다.

"얘 죽어 가는 것 좀 봐. 너 이거 물 언제 마지막으로 줬니?"

경진은 대답할 말이 없었다. 최근 몇 달 동안 아예 화분의 존재 자체를 잊고 있었다. 지난겨울에도 같은 지적을 듣고서 탁상 캘린더에 '매달 1일은 선인장 물 주는 날'이라고 적은 일만 또렷했다. 그사이 화분은 바싹 말라서 표면을 덮은 흙이 먼지 빛깔을 띠고 있었다.

스물셋부터 5년 가까이 다세대주택 2층 안쪽 집에서 함께 자취했을 때 은주는 자기 방 창가에 작은 허브 화분을 늘어놓고 정성껏 가꿨다. "서른쯤에는 결혼해서 베란다 있는 집에 살고 싶어. 화분 좀 실컷 키우게." 20대의 은주는 자주 그렇게 말했지만 막상 서른 즈음이 되었을 때는 결혼 제도에 대한 흥미도 기대도 말끔히 사라진 상태였다. 반면 3년 넘게 만나고 있던 연인은 결혼과 정착을 원했던 터라 은주는 한동안 그를 설득하기 위해 노력했지만, 몇 차례 긴 냉전을 거듭한 끝에 헤어지기로 합의했다. 그러다 올 초에 다시 만나는가 싶더니 결혼을 결정했다는 소식이 들려왔다. 다시 만난 남자 친구뿐 아니라 부모님이 외동딸의 결혼을 워낙 간절히 원해서 백기를 들었다고 은주는 지친 어투로 말했다. 그렇게 결정한 결혼이건만 상견례 자리에서 눈두덩이 통통 부을 만큼 눈물을 쏟도록 서운할 일이 뭐였을지 경진은 도무지 짐작이 가지 않았다.

한 가지 확실한 것은 은주의 식욕이 여느 보상 데이와 다름없다는 사실이었다. 밑반찬과 쌈채가 나왔을 때부터 젓가락질이 멈추지 않았던 것이다. 숭덩숭덩 잘린 흑돼지고기가 담긴 널찍한 양은 냄비가 상 위에 오르자 은주의 얼굴에 비로소 화색이 돌았다.

"이삼 분만 더 끓여서 드시면 돼요. 반찬 좀 더 가져다 드릴까요?"

언제나처럼 미소 띤 얼굴로 사장님의 아들이 물었다.

경진은 그에게 반찬 접시를 건네며 "아드님, 저희 냉국도 하나 주세요."라고 말했다. 그러자 어묵볶음을 입으로 가져가던 은주가 "아드님?" 하고 호칭에 의문을 표했다. 경진은 처음 이곳에서 식사하던 날에 관해 이야기해 주었다.

지금 사는 집의 전세 계약서를 쓰던 날이었다. 부동산에서 나오는 길에 허기가 졌던 경진이 밥집을 추천해 달라고 청하니 공인중개사는 고민할 것도 없다는 듯 이곳을 일러 주었다.

"고깃집인데 점심 메뉴로 있는 찌개가 더 맛있어요. 반찬도 잘 나오고. 길 건너에 쇼핑몰 생기고 그 골목 상권이 확 죽으면서 원래 있던 동네 식당들은 싹 사라지고 바뀌고 그랬는데 그 집 하나 남은 거예요. 그렇게 살아남은 집이니 뭐 맛은 틀

림없지."

　가게 안으로 들어선 경진을 맞이한 주인아주머니는 포근한 인상으로 은근히 처진 눈매가 너구리나 코알라 같은 동물을 연상시켰다. 옆 테이블의 중년 남자가 젊은 남자 직원을 부르면서 "아들!" 하고 외쳤다. 그러고 보니 눈매하며 유달리 새까맣고 윤기가 흐르는 머리카락이 주인아주머니와 꼭 닮아 있었다. 다만 약간 살집이 있는 편인 어머니와 달리 아들 쪽은 고도비만에 해당할 법한 체형이었다. 쌀쌀한 바람이 부는 계절에 먹색 반팔 티셔츠와 청반바지를 입고도 더운지 이마에는 앞머리가 가닥가닥 달라붙어 있었다. 테이블 사이를 지나기 위해서는 몸을 한쪽으로 틀며 조심스레 발걸음을 내딛어야 했는데, 그러는 와중에도 "아들!" 혹은 "아드님!" 하는 손님들의 부름에 응답하는 목소리가 한결같이 친절하고 나긋나긋하기까지 했다.

　이사 온 뒤로 경진은 한 주에 적어도 한두 번씩은 이곳에서 점심을 해결했다. 김치찌개와 두루치기를 수없이 먹는 동안에 불친절을 경험한 적은 단 한 번도 없었다. 광대뼈 주변과 콧잔등에 주근깨가 어른거리는 아드님의 얼굴에는 언제나 미소가 걸려 있었고 때로 손님이 "살 언제 뺄 거야? 갈수록 더 찌는 것 같은데?" 하는 무례한 농을 건네도 싫은 내색 한 번 없이 "안 그래도 헬스 끊었어요. 몸무게가 두 자릿수 되면 엄마가 보너스 준대요." 하며 벙긋 웃곤 했다.

"살이 한번 찌면 저렇게 종일 서서 움직여도 잘 안 빠지나?" 은주가 경진 쪽으로 상체를 기울이더니 속삭였다. "어쩌다 저렇게 쪘을까."

경진이 고개를 저었다. "조용히 해. 남들도 지금 너 보면서 저 여자는 무슨 사연으로 눈이 띵띵 붓게 울었을까, 저러고서 두루치기 잡수러 왔을까 할걸."

"하긴."

은주는 고기에 양념이 잘 배도록 양은 냄비 안을 국자로 바지런히 휘저었다. 자작하게 국물이 졸아들자 껍질이 붙은 도톰한 고기 한 점을 경진의 밥 위에 올려 준 뒤 자기 입에도 하나 넣었다. 그러곤 약불로 불을 낮추고 두루치기를 국자 한 가득 떠서 흰밥 위에 끼얹었다. "진짜 좋아." 은주가 뜨거워 어쩔 줄 몰라 하며 말했다. "흑돼지는 껍질이 물컹거리지 않고 이렇게 츄잉한 느낌이 있잖아, 나는 그게 그렇게 좋더라. 양념도 퍼펙트네. 너무 맵지도 않고."

반찬과 냉국이 든 대접을 가져온 아드님은 맛있게 드시라는 인사를 잊지 않았다. 메뉴판에 적혀 있지 않은 냉국은 소위 단골만 아는 메뉴로 4000원을 더 내고 추가 주문을 하면 냉면 대접에 한가득 나왔다. 훌훌 넘어가는 미역에 쇠젓가락 굵기로 가늘게 채친 오이, 넉넉히 들어간 참깨가 입맛을 살리기 그만이었다. 경진은 양손으로 대접을 들고 새콤한 국물을 들이켰다.

식당 안은 빈자리 하나 없이 여덟 개의 테이블이 전부 차 있었다. 경진과 은주가 식사를 마치고 일어나자 성격 급한 몇몇이 아직 치우지도 않은 테이블을 차지하고 앉았다.

"계산만 하고 와서 얼른 치워 드릴게요. 잠시만 기다려 주세요."

깍듯한 어투로 그렇게 말하면서 경진을 향해 다가온 아드님이 잊지 않고 맛있게 드셨냐는 인사를 건넸다.

은주는 식당에서 나와 옆 테이블에 있던 중년 남성을 보았느냐며 경진에게 인상착의를 설명했다. 그는 탁해 보이는 낯빛에 붉은 폴로셔츠의 깃을 올려 입고 셔츠 깃 안으로는 굵은 체인의 금목걸이를 착용했더라고 했다.

"아들! 반찬 리필! 하고 계속 닦달하던 아저씨? 봤지, 왜?"

"내가 그 아저씨보다 땀을 더 많이 흘리면서 먹은 거 같아."

은주가 겸연쩍은 듯 웃었다.

"그래도 눈 부은 건 많이 가라앉았어."

"자존심 상하니까 우리 차랑 디저트는 좀 힙한 데 가서 마시자. 을지로 갈래? 아님 여기서 문래동이 더 가깝니?"

"밥 먹었으면 됐지 가긴 어딜 가." 경진이 딱 잘라 말했다. "나 휴가야. 집에 가서 누워 있을 거야."

은주는 카운터와 이어진 수족관에 네온 조명이 어우러져 옛 홍콩 영화 분위기가 난다는 카페 겸 바에 관해 설명하며 사진까지 들이밀었으나 경진은 흔들림 없이 집으로 향하는 걸음을 재촉할 뿐이었다. 3일의 휴가 기간에 무엇보다 강렬하게 원하는 것은 제한 없이, 허리가 아플 때까지 침대에서 퍼져 있는 거였다. 집에 돌아오자마자 잠옷으로 갈아입고 은주에게도 한 벌 던져 주었다.

　은주는 경진이 누운 침대 옆 바닥에 앉아서 휴대폰 화면에 시선을 둔 채 한동안 말이 없었다. 남자 친구에게 연락이라도 왔느냐고 묻자 은주는 귓바퀴를 긁적이더니 그런 셈이라고 말했다. 그리고 지금 고민하는 건 그것 때문이 아니라고 밝혔다.

　"그럼 뭣 때문에 그러는데?" 경진이 모로 누우며 물었다. "고민할 때 하더라도 누워서 해."

　"이 화면 보면 너 벌떡 일어날걸. 아직 잠옷 입고 눕기엔 이르지."

　"아이고 픽이나."

　경진은 코웃음 쳤다. 하지만 은주가 문제의 화면을 보여 주었을 때 마음속으로 졌다, 라고 생각했다. 이겨 낼 재간이 없었다. 비록 누운 자리에서 벌떡 일어나지는 않았지만 못 이기는 척 상체를 일으킨 후에는 순순히 다시 옷을 갈아입고 외출할 채비를 했다.

　라운지의 유리창 밖으로 남산이 내려다보였다. 커피가 담긴 찻잔을 들면서 경진은 지난봄에 언니와 언쟁을 벌이던 일을 떠올렸다. 벚꽃이 피던 즈음이었는지 꽃잎이 지기 시작하던 때였는지는 헷갈렸지만 이른 아침부터 전화를 걸어 "경진아, 우리도 해외로 가족 여행을 한번 가 보게." 하던 언니의 목소리는 또렷하게 기억에 남아 있었다.

　언니는 상기된 음성으로 전날 밤 여행 정보 프로그램에서 본 발리의 해 질 녘 풍경에 대해 이야기했다. 그러자 코타키나발루의 풀빌라로 떠났던 신혼여행 생각이 났고, 이어 엄마는 살면서 지금껏 한 번도 제대로 휴양지를 즐겨 본 적이 없었으리라는 생각에 울컥하더라는 것이었다. 그때 떠오른 게 5월의 연휴라며 어린이날과 주말에 앞뒤로 하루 이틀만 시간을 맞춰 보자고 했다. 연초에 일찍 계획을 잡아 놓았으면 좋았겠지만 인터넷을 뒤져 보니 비싸서 그렇지 아예 표가 없지는 않더라고 쉽 없이 말했다.

　"전에 다 같이 제주도 갔을 때 엄마가 얼마나 좋아하셨는지 기억하지? 일출봉 올라갈 때는 우리 중에 제일 잘 올라가셨잖아."

　이국의 노을을 담은 영상에서 하룻밤 새 생각이 거기까지 미치다니 참 아름다운 효심이다 싶어서 경진은 순수하게 감탄했다. 그러나 엄마가 발리의 풀빌라에, 심지어 상대적으로 비싼 비용을 치르고 갈 리가 없었다. 아빠 생전에 마지막으로 가족이 함께 떠난 제주도 여행만 되짚어 보아도 답이 나오는 일이건만 언니의 기억은 왜곡에 가깝게 미화되어 있는 모양이었다.

경진에게 그 여행에 관한 기억은 종일 소주에 취해 있던 아빠의 모습이 거의 전부였다. 뭐든지 필요 없다며 손사래를 치던 엄마의 고집도 피로감을 더했다. 언니가 미리 예약해 둔 갈치조림 전문점에 가서도 한 끼에 얼마를 쓰는 거냐며 기함하는 엄마의 고집 때문에 가족들은 끝내 노르웨이산 고등어구이와 김치찌개를 먹어야 했던 것이다. 어린이날 앞뒤로 붙여서 수업을 빼는 것 자체가 요원한 일이었지만 어차피 여행이 성사될 가능성이 없다 싶어서 경진은 그저 먼저 엄마를 설득하는 게 좋지 않겠냐는 말만 건넸다.

경진의 예상대로 엄마는 언니의 계획에 응하지 않았다. 엄마는 아예 여권을 만들지 않고 버텼고 그것은 여행 예산만 비밀에 부치면 순조로울 거라는 언니의 짐작을 훌쩍 뛰어넘은 것이었다. 경진이 예상치 못한 일은 한동안 언니가 아닌 자신이 엄마의 전화에 시달리는 상황이었다. 엄마는 이미 가지 않기로 한 여행의 예산이 얼마였는지 묻고 또 물었다. 언니가 계획한 거라서 모른다고 둘러대도 대략은 알지 않느냐면서 막무가내였다.

"경희 걔는 앞으로 애들 대학까지 보내려면 돈 들어갈 일이 얼마나 태산인데. 돈 무서운 줄을 모르고."

기가 막힌다는 투로 엄마는 경진의 수입에 대해서도 따져 물었다. 수업 하나당 얼마를 받고 한 달이면 총 얼마쯤을 버는지, 연금과 보험 납부 사정은 어떠한지 질문이 쏟아졌다. 딸을 염려하는 엄마의 마음을 모르지 않았다. 그러나 지난해 그토록 언쟁을 했건만 또 시작이구나 싶어서 넌더리가 났다. 설령 수입이 지금보다 덜하더라도 정규직으로 조직에 소속되어 일하고 있었다면 이 같은 질문 세례가 반복되지는 않으리라는 짐작에 경진은 입맛이 썼다.

"엄마, 세상에서 제일 재밌는 게 뭔 줄 아세요? 돈 쓰는 거예요. 그중에도 젊어서 돈 팡팡 쓰면서 노는 거요." 하고 어깃장을 놓았다. 말이라도 그렇게 뱉었더니 쾌감이 느껴졌지만 실은 경진도 어릴 적부터 보았던 절약하는 습관이 몸에 배어 있었다. 물욕이 없는 편이기도 했지만 사소하게 새는 돈에도 엄격했다. 수업 일정을 맞추기 위해 바삐 뛰어다니면서도 택시 타는 일은 한 달에 한두 번이나 될까 싶었으며, 통신비는 또래 지인 중에서 가장 낮았다. 커피도 집에서 내려 가지고 다녔다. 그 점은 함께 살았던 은주가 누구보다 잘 알고 있었다. 그랬던 만큼 호텔 예약 앱 화면을 캡처한 이미지에 적힌 이그제큐티브 룸의 숙박비, '환불 불가'라는 단호한 네 글자가 침대에 누워 있던 경진을 일으키리라는 사실을 확신했던 것이다.

"상견례 하고 나오는 길에 당일 특가 잡았으면 그때까지는 분위기 좋았나 보네?"라는 질문에 "그럴 리가."라는 심드렁한 대답이 돌아왔다. 경진은 더 묻지 않고 창밖으로 시선을 돌렸다. 서울 타워 아래 산등성이와 성곽, 그 곁으로 난 산책로까지 한눈에 들어왔다. 마치 싱싱한 브로콜리의 윗부분처럼 남산은 신록으로 촘촘히 싸여 있었다. 언니라면 단박에 이 풍경을 보여 드리고 싶다며 엄마를 이곳에 모시고 오기를 바랄 터였다. 물론 엄마가 기를 쓰고 거절할 테니 실현될 리는 만무하겠지만.

라운지에서는 차나 한잔하자던 은주가 해피 아워가 시작되자 부리나케 접시를 채워 오더니 "과카몰레가 있는데 모르는 척할 수야 없지." 하고 강조했다. 경진도 덩달아 나초칩을 들었지만 맥주를 마시기에는 배가 불러서 스파클링와인을 한 잔 마셨다. 그리고 객실로 돌아오자 사람 마음이 참 간사하다 싶어 헛웃음이 났다. 체크인하고 들어왔을 때만 하더라도 서울역이 한눈에 들어와서 나쁘지 않아 보이던 시티 뷰가 라운지의 탁 트인 남산 풍경을 접한 뒤에 다시 보니 시시해 보였던 것이다.

리클라이너 소파에 다리를 뻗고 앉은 은주의 눈빛이 몽롱했다. "소화시킬 겸 수영이나 하러 갈까." 하고 중얼거리기에 경진은 수영복을 챙겨 오지 않은 사실을 짚어 주었다. 그러자 은주는 외려 안심한 듯한 표정을 지으면서 요란한 소리를 내며 기지개를 켠 뒤에 자리에서 일어났다.

욕조에 물을 받는 은주를 쉬도록 두고 경진은 홀로 산책에 나섰다. 호텔에서 나와 좌측의 횡단보도를 건너자 남산 공원을 알리는 큼지막한 표지판이 눈에 띄었다. 라운지에서 내려다보이던 산책로를 따라 완만한 오르막길을 오르니 서울 타워의 꼭대기가 보였고 곧이어 잔디 광장이 나타나며 풀 냄새가 끼쳤다.

광장 한편의 느티나무 그늘 아래에는 돗자리를 깔고 앉은 노부부가 방울토마토를 먹고 있었다. 자그맣고 하얀 강아지가 그들 주변을 맴돌았는데 몸의 중심이 왼쪽으로 쏠린 것도 같고 지면을 꾹꾹 눌러 밟는 것 같기도 한 걸음걸이를 보건대 다리가 불편한 모양이었다. 할머니가 강아지를 품에 안아 들고는 "저어기 구름 좀 봐라. 기가 막히지." 하고 말을 건넸다. 노인과 강아지의 모습이 어쩐지 낯설지 않았다. 전에 이 근방에 왔던 기억은 없지만 그들을 만난 적은 있는 듯한 기시감을 느끼며 경진은 주변을 두리번거리면서 걸음을 옮겼다.

매점 앞 파라솔에 음료수를 마시며 쉬어 가는 사람들이 보였다. 경진은 지도 앱을 열어 현 위치를 살폈다. 파라솔 좌측 계단이 명동 방향으로 내려가는 것임을 확인하고 진로를 우측으로 틀었다. 얼마 가지 않아서 오랜 수령의 은행나무와 느티나무가 우거진 길이 나타났다. 물기 어린 초록 잎들이 시야를 가득 채웠다. 발밑도 녹색으로 뒤덮여 있었지만 색감은 전혀 달랐다. 풍성한 나뭇잎이 햇볕을 가린 탓에 흙바닥과 보도블록 위에는 빛바랜 카펫을 깔아 놓은 듯 이끼가 번져 있었다. 경진은 잠시 벤치에 앉아 두 층으로 나뉜 녹색 공간을 눈에 담았다. 반소매 밖으로 드러난 팔을 노리는 모기를 몇 차례나 쫓은 후에 대로변으로 나왔다.

왼쪽에 남산 도서관이 보이면서 서울 타워가 다시 모습을 드러냈다. 남산의 중턱을 가르는 차도 주변으로도 은행나무 길이 이어져 햇볕을 적절히 가려 주었다. 바야흐로 산책하기 제격인 계절이었다. 반팔을 입고 걷기에 덥지도 춥지도 않았고 산을 따라 이어진 길은 한산하기까지 했다. 이따금 오른쪽 시야를 가릴 만한 건물이 없는 경우에는 남산 아래로 적색 기와를 얹은 후암동의 다세대주택부터 여의도 방면의 스카이 라인까지 서울 시내 전경을 감상할 수 있었다.

그 길을 따라 느긋하게 20분쯤 걸었을 때였다.

버스 정류장 앞 벤치에 앉아 있던 남자가 경진을 발견하자마자 자리에서 튀어 오르듯 일어났다. 다급함이 묻어나는 그의 동작에 경진은 반사적으로 주변을 살폈다. 다행히 아직 사위는 어둡지 않았고 4차선 도로 건너에 조깅을 하는 사람이 보여서, 무엇보다 남자 곁에 일행인 듯한 여성이 있었으므로 경진은 긴장한 내색을 숨긴 채 걸었다. 2인 1조의 구성으로 행인에게 다가오는 걸 보니 전도 목적일까 싶었지만 남자 옆의 여자는 그의 팔을 붙잡고 말리려는 눈치였다. 남자는 여자의 손을 물리쳤다.

　"그럼 어떡해, 방법이 없잖아." 남자는 그렇게 말한 뒤 경진에게 가까이 다가왔다. 그가 쭈뼛거리는 어투로 "저기, 죄송하지만 혹시 동전이 있으시면……" 하고 말을 꺼내자 일행인 여성이 "아빠, 그냥 휴대폰을 빌리는 게 낫다고!" 하며 짜증을 냈다. 그쯤엔 경진도 그녀가 10대라는 사실을 눈치챈 후였다. 아버지에 맞먹는 키와 차분한 먹색 원피스 차림 때문에 몇 미터 거리가 있었을 때만 하더라도 성인으로 보였지만 코앞에 서자 앳된 얼굴을 알아볼 수 있었다. 어미를 늘이며 투정을 부리듯 말하는 어투도 익숙했다. 그런데 휴대폰이라, 경진은 한숨을 삼켰다. 은주를 만난 이후에 의식적으로 휴대폰 화면을 살피는 것을 자제했으나 혹여 급한 연락을 받지 못할까 봐 휴대폰 알림을 벨 소리로 해 두고 있는 참이었다. 해미

네서는 아무런 연락이 없었다. 그런 와중에 해미보다 어려 보이는 소녀가 경진에게 잠시만 휴대폰을 빌려 달라고 거듭 청해 왔다.

"이상한 데 안 걸어요. 우리 엄마한테 걸려고 하는 거예요." 소녀가 말했다.

"예, 맞아요. 이게 말하자면 사정이 긴데, 저희 가족이 다 같이 차를 타고 가다가 이렇게 되는 바람에…… 이렇게라는 건 그러니까 애 폰이 제 와이프한테 있는데 제 폰은 배터리가 나가 가지고…… 근데 요새 지갑을 따로 안 들고 다니고 카드도 다 앱으로 쓰다 보니까 지금 완전히 빈손이라서……."

남자는 연신 말끝을 흐리면서도 허겁지겁 설명을 이었다. 애당초 왜 가족이 함께 차를 타고 가다가 이곳에 두 사람만 내리게 됐는지는 짐작조차 가지 않았지만 "모기가 팔꿈치 물었어." 하며 울상인 소녀를 보며 전화 한 통 정도는 대신 걸어 줄 수 있겠다는 마음이 들었다. 다만 만일을 대비해 경진은 전화번호를 불러 달라고, 자신이 상대를 확인하고 휴대폰을 건네겠다고 한 뒤 소녀에게 이름을 물었다. 소녀는 연신 팔꿈치를 긁으면서 "제 이름은 최서영이고요." 하고는 한 음절씩 또박또박 전화번호를 불렀다.

몇 차례 신호가 간 끝에 전화를 받아 누구냐고 묻는 상대의 목소리에는 방어적인 경계심이 묻어 나왔다.

"남산 중턱에서 부탁을 받고 따님 대신 거는 거예요. 따님 이름이 어떻게 되시죠?" 경진이 물었다.

"우리 서영이가 지금 혼자 있어요?" 여자의 목소리가 떨렸다.

"아뇨, 전화받으시는 분 남편분이랑 같이요."

"그런데 왜 여태 거기에 있대요?"

기가 막힌다는 듯한 여자의 목소리를 뒤로하고 경진은 휴대폰을 남자에게 건넸다.

"자기야, 우리 좀 데리러 와. 우리 완전히 모기 밥 됐어." 남자는 억울함을 가득 담아 말했지만 표정은 한결 편안해져 있었다. "내 폰이 방전돼서. 미안해. 응? 맥주 마시고 있다고? 그럼 차 끌고 못 나오겠네……."

연신 팔을 긁으며 통화 내용을 듣던 서영은 그즈음에서 망했다고 중얼거리며 보도블록 위에 주저앉았다. 남자는 길을 설명하는 듯한 상대의 이야기를 풀 죽은 얼굴로 재확인하듯 되뇐 후 경진에게 휴대폰을 돌려주었다. 그러고는 애써 밝은 목소리로 "서영아, 엄마가 맥주 마시는 데 숙소 바로 앞이래. 거기 피자도 판대. 경리단길이니까 20분이면 갈 거야. 하나도 안 머네! 알았으면 진작 갔겠네!" 하고는 있는 대로 눈치를 보며 딸의 어깨를 감싸 안았다.

그가 말하는 내용은 초행길인 경진에게도 유용한 정보였다. 머지않아 해가 질 테고 왔던 길을 되밟아 가느니 경리단길 방향으로 내려가서 택시를 타는 게 편할 듯했다. 자연스레 부녀와 같은 방향으로 걸음을 떼면서 경진은 남자에게 결국 걸어가게 되어서 어쩌느냐고 의례적인 위로를 건넸다.

"그래도 와이프가 술 한잔하면서 열 받은 건 좀 식힌 것 같아요. 길이 멀지 않아서 다행이죠 뭐." 그는 서영에게도 "그치?" 하며 동의를 구했으나 서영은 신경질이 나는 듯 걸음의 속도를 높일 뿐이었다. 잠시 침묵이 이어진 후 다시 입을 연 그는 자연스러운 수순인 양 오늘 자기 가족에게 일어난 일을 설명하기 시작했다.

청주에 사는 서영네 가족이 이번 주말에 서울에 온 것은 서영이 할아버지의 칠순 맞이 가족 모임 때문이었다. 오랜만의 서울행인 만큼 하루 더 일찍 가서 국립중앙박물관의 전시를 보면 어떠냐고 묻자 아내는 단박에 반기더라고 했다. 창밖으로 서울 타워가 보이는 에어비앤비 숙소도 잡았다.

반면 서영은 꼭 자기까지 가야 하느냐며 귀찮아한 모양이었다. 그러던 서영이 며칠 전부터 갑자기(그는 이 시점부터 급격히 목소리를 낮췄다.) 구체적인 일정과 동선을 묻는 등 서울 방문에 관심을 보였다. 그러다 간밤에 회식에 참석한 그에게 서울에서 몇 시간만 자유 시간을 주면 안 되느냐는 메시지를 보내 왔다는 것이었다. 그는 엄마가 허락 안 할걸 하는 말만 보내 두고 왜 자유 시간이 필요한지 듣는 것은 귀가 후로 미뤘는데 결국 서영과 따로 대화를 나눌 수 없었다. 술자리가 새벽까지 이어졌던 탓이다. 그로 인해 아침부터 집안 공기는 냉랭했다. 출발할 즈음에는 아내에게 운전을 전담시키는 게 마음이 쓰였으나 숙취로 인해 부지불식간에 뒷좌석에서 곯 아떨어졌던 그는 모녀가 다투는 소리에 잠을 깼다.

그는 곧바로 모녀를 말릴 기운이 나지 않아 한동안 그대로 눈을 감고 있었다. 그러다 허리가 아파 자세를 바꾸려는 찰나 "깬 거 다 아니까 일어나서 얘기를 해 봐!" 하는 아내의 불호 령이 떨어졌다.

"얘기를 해 보라고. 내가 비정상이야? 중학생이, 인터넷으 로 알게 된 어른을 혼자서 만나러 간다는데 그걸 어느 부모 가 허락하냐고."

잠이 덜 깬 그의 머릿속에는 학생, 인터넷, 만나다 정도의 키워드만 맴돌았다. 한 가지 추억이 떠올랐다. 수능을 본 직 후 홀로 서울에 여행을 온 일이었다. 무전여행이나 다름없이 가진 돈이 적었는데도 마음은 든든했다. PC통신 모던록 동호 회에서 언제든 서울에 오면 연락을 달라고 얘기해 준 형과 누 나들이 여럿 있었기 때문이었다. 실제로 그중 세 명을 만나서 함께 서울 시내를 구경하고 난생처음 소극장의 라이브 공연 도 보았다. 어찌나 신이 나 방방 뛰었던지 이튿날에는 몸살이 라도 난 것처럼 온몸이 쑤셨다.

아내는 더 이상 못 듣겠다는 듯 다그쳤다. "무슨 얘길 하는 거야. 그건 너 수능 보고 나서 얘기고. 지금 서영이 얘기를 하고 있잖아!" 그 순간 그는 별 생각 없이 주절거린 자신의 주둥이를(그의 표현이 그랬다.) 때리고 싶었다고 했다.

"서영아, 어제 말한 자유 시간이 지금 이 얘기야? 어유, 그건 안 되지, 혼자 누굴 만나려고?"

아내는 서울에 오기 전에 둘이 미리 말을 맞추었던 거냐며 기막혀했다. 서영은 서영대로 엄마 앞에서 자유 시간이라는 말을 한 데 대해, 게다가 아빠는 10대 때 몇 박 며칠을 혼자 여행 다녀 놓고 자기 일정은 딱 잘라 안 된다고 하는 데 대해 납득하지 못했다.

"그림이 미끼가 된 거예요. 우리 서영이가 그림에 소질이 있거든요. 폰 배터리만 있으면 보여 드릴 텐데."

그가 안타까워했다.

내성적인 서영은 어릴 적부터 색연필과 크레용을 가지고 노는 것을 가장 좋아했는데, 중학생이 되면서 또래보다 부쩍 키가 크자 친구들과 어울리는 데 관심이 줄어든 대신 그림을 그리는 일에 더 빠졌다고 했다. 색연필과 파스텔을 주로 써서 화사하고 맑은 색감을 선보이지만 그 속에 드러난 캐릭터와 전체적인 인상은 우울한 일러스트가 대다수를 차지했다. 서영은 이따금 자기 그림을 인스타그램에 업로드했고, 팔로워

중 한 명이 메시지를 보내 지난해 이맘때부터 대화를 나눈 모양이었다. 상대가 남자일 거라는 직감에 경진은 이마를 짚었다.

"현대 미술 전공으로 지금 박사 과정이고, 대학에서 강의도 좀 하는 사람이래나요? 근데 그걸 어떻게 믿느냐고요."

그때까지 듣고만 있던 경진도 참지 못하고 한마디를 거들 수밖에 없었다. "아니, 그 스펙이 다 맞다고 하더라도요, 중2를 불러내서 단둘이 만날 이유가 없잖아요."

문제의 인물은 서영을 만나야 하는 이유로 몇 권의 책을 댔다고 했다. 덴마크 유학 시절에 구입한 화집을 서영에게 꼭 보여 주고 싶다는 것이었다. 서영의 그림이 자신에게 준 영감에 대해 감사를 표하고 무궁한 발전이 약속된 앞날을 응원하는 마음을 전하기 위해서 직접 건네야만 한다는 게 남자의 주장이었다. 그 얘기를 듣는 순간 경진의 머릿속은 택배라는 두 글자로 가득 찰 수밖에 없었다. 그 말이 진심이라면 택배를 보내서 전하면 되는 걸 굳이 직접 주겠다며 부모님 몰래 만나자고 했다니. 서영이 조금만 더 모험심이 있는 아이였더라면 어쩔 뻔했나 싶어 오싹했다.

여기까지 그간의 사정을 설명한 서영은 그와 나눈 대화는 오직 그림에 관련된 것뿐이었다고 분명히 하면서도 휴대폰을 내놓으라는 엄마의 말에는 완강히 버텼다. 엄마는 운전 중인

데도 서영의 손에서 휴대폰을 낚아채느라 육탄전을 방불케 하는 몸싸움을 벌인 끝에 결국 빼앗는 데 성공했다. 자칫 교통사고가 날 만한 일촉즉발의 상황까지 갔다고 했다.

그는 아내에게 잠시 차를 세우고 진정한 후에 다시 출발하자고 했다. 그런데 차를 멈추자마자 서영이 문을 열고 차에서 내려 버렸다. 그가 따라 내려 달래 보려 했지만 서영은 휴대폰을 돌려주지 않으면 차를 타지 않겠다고 버텼고, 부부는 처음 보는 딸의 모습에 혼이 나갈 지경이었다.

"자기 먼저 숙소에 가 있어. 아님 어디 가서 혼자 한잔하면서 열을 좀 식혀 봐. 내가 서영이랑 차분히 얘기를 해 가지고 데려갈게."

간밤에 늦게 귀가한 데다 중요한 시점에 쓸데없는 추억을 늘어놓은 일을 만회하기 위해 그가 중재안을 냈다. 서영에게는 휴대폰에 비밀번호가 걸려 있으니 엄마도 마음대로 볼 수 없지 않겠느냐며 안심을 시켰다. 카페든 미술관이든 서영이 기분 전환이 될 만한 곳에 데려간 뒤 찬찬히 대화를 시도해 보려 했건만 휴대폰이 방전 상태더라는 사연이었다. 숙취에 정신을 못 차리다가 보조 배터리는 물론 지갑까지 잊은 건 자신이었으므로 누굴 탓할 수도 없었다고 그는 말했다.

산 중턱에 뻗은 길은 어스름해지나 싶기 무섭게 시시각각 어두워져서 경진은 결과적으로 서영네 부녀와 함께 걷게 되

어 다행이라고 여겼다. 맹렬하게 팔꿈치를 긁으며 앞서 걸어
가던 서영이 멈춰 서서 종아리 한가운데와 복사뼈 주변을 긁
어 댔다. 그러고는 짜증이 이는지 지면을 찍어 내리듯 발뒤꿈
치를 거세게 내딛으며 다시 걷기 시작했다. 영락없이 투정 부
리는 어린애 같은 움직임이었다. 그러나 그런 움직임을 담고
있는 것은 성인 여성과 다름없는 실루엣이었다. 큰 키에 상반
신 선이 은근하게 드러나는 먹색 원피스를 걸친 실루엣. 누군
가는 열다섯 살 서영의 아이 같은 동작에 시선을 두지 않고,
앳된 목소리를 듣지 않고 오직 실루엣으로만 대할지 모른다.
손을 뻗어 올지 모른다. 경진은 자신이 오늘 오후에 서영의 부
모와 같은 입장이었더라도 다른 선택을 하기 힘들었으리라고
생각했다. 가족 나들이가 엉망이 되어도, 딸의 원망이 아무리
커도 우선은 정체 모를 남자와 만나지 못하도록 막는 일에 혈
안이 되었을 거라고.

경진은 가벼이 한숨을 쉬며 휴대폰을 들었고 새로 온 연락
이 없다는 사실을 확인했다. 해미의 버릇과 목소리를, 실루엣
을 떠올렸다. 불안감이 치미는 것을 막을 도리가 없었다. "이
제 거의 다 온 것 같은데요?" 하는 서영을 바라보며 경진은
천천히 숨을 내쉬었다. 서영에게 아무 일이 없는 것처럼 해미
에게도 아무 일이 없으리라고 되뇌었다. 그간 일어난 일이라
고는 기껏해야 모기에 여러 군데를 물리는 정도였으리라고 말

이다. 경리단길 끄트머리에서 부녀와 헤어지기 전에 경진은
그들이 찾아가야 할 건물의 위치를 담은 화면을 보여 주었다.
그러곤 서영에게 잔소리하고 싶은 마음을 억누르며 가려움에
대해서만 이야기했다.

"이따가 숙소 가면 가려운 데를 뜨듯한 물로 씻어 내고 난
뒤에 비누칠을 해. 그러면 가렵게 만드는 단백질 성분이 녹아
나와서 한결 괜찮아질 거야."

팔꿈치를 긁적이던 서영은 듣는 둥 마는 둥 했지만 아빠가
경진에게 인사를 건네자 따라서 고개를 숙이고 골목 안쪽으
로 걸음을 옮겼다.

녹사평역 방향으로 완만하게 기운 길을 따라 걸음을 옮기
면서 경진은 경리단길 상권의 몰락에 대해 다루던 뉴스를 떠
올렸다. 팬시한 잡화점과 주얼리 숍 옆으로 간판을 뗀 상점이
잇따랐다. 어느 건물은 일이 층 매장 전체가 비었는데 오직
알록달록한 오브제가 놓인 작은 갤러리만 조명을 밝히고 있
었다. 리모델링을 앞둔 듯 입구에 나무 패널이 덧대어진 건물
맞은편 상가의 통유리창에는 '임대 문의'라는 문구와 연락처
가 큼지막하게 적혀 있었다.

어수선해 보이는 분위기 속에 꿋꿋이 성업 중인 상점도 눈
에 들어왔다. 바비큐 식당 앞에는 가족 단위로 줄을 서서 입

장 순서를 기다리는 사람들이 있었다. 아늑한 불빛을 밝힌 카페, 티라미수로 이름난 이탈리안 레스토랑도 보였다. 영업을 멈춘 텅 빈 매장은 녹사평대로에 가까워질수록 줄어 거의 눈에 띄지 않았다. 은주와 함께 있다면 들어가 보고 싶은 펍과 바도 여러 곳 보였다. 경진은 은주에게 전화를 걸어 경리단길로 나올 생각이 없느냐고 물었다.

"거기 상권 다 죽은 거 아니었어?" 은주가 되물었다.

"많이 살아 있는데? 재즈 바도 있고, 너 전에 가 보고 싶다던 시거 바도 있더라고. 나와라, 택시 타면 금방이야. 한잔하면서 기분 전환하고 푹 자자."

"좋은 정보 감사한데 내가 지금 제일 당기는 건 분식일세. 어떻게, 포장 서비스 좀 가능할까?"

대로변에 분식집도 있어서 어렵지 않은 부탁이었다. 경진은 보상 데이를 맞은 은주의 열렬한 식탐에 새삼 감탄했다. 오늘처럼 한 번씩 고삐가 풀렸을 때 은주에게 무엇을 먹을까 질문을 던지면 망설이는 모습을 본 기억이 거의 없었다. 사실 묻기 전에 먼저 메뉴를 알려 오는 경우가 더 많았다.

"평소에 만날 참으니까 본능적으로 한 번씩 터져 나오는 거 아니겠어?" 경진이 사 온 떡볶이의 포장을 뜯으며 은주가 말했다. "그래, 이런 게 진짜 본능이지. 자연의 순리에다가 애국까지는 안 되더라도."

"애국이 거기서 왜 나와?"

영문을 모르겠다는 표정을 짓는 경진을 바라보며 은주는
그럴 이유가 있다고 했다. 그리고 "내가 결혼을 하는 게 미친
짓인지, 이제 와서 엎는 게 미친 짓인지 아직 정리가 안 되는
데 들어 볼래?" 하며 오늘 낮에 주체할 수 없이 화가 나서 눈
물을 쏟게 된 이유에 대해 털어놓기 시작했다.

"난 몰랐는데 결혼한 언니들이 그러더라, 친정이랑 시가 지
역이 멀면 상견례를 어디서 하느냐는 얘기 나올 때부터 빈정
상하고 그런다고. 우리 본가는 가깝고, 수찬이네는 부산이니
까 어디로 해야 되나 싶었지. 근데 수찬이네 어머니 캐릭터
내가 전에 얘기했니?"

"응. 부산에서 제일 화통한 분이 그분이라며."

"했구나. 장소 잡으려고 할 때 그러시더라고. 아가, 요샌 케
텍스 타면 마, 금방 아이가. 우리가 간다! 은주 네 아버지 무
릎도 영 시원치 않으시담서, 걱정 마래이! 하시는데 되게 고맙
더라고."

수찬이 예약한 한정식집에서 식사를 마칠 때까지만 하더라
도 분위기는 화기애애하게 흘러갔다고 은주는 말했다. 은주와
수찬의 부모님들은 칭찬과 덕담을 적절히 주고받았다. 자리에
어울리지 않는 농담을 하는 사람도, 무절제하게 술에 취해 버
린 사람도 없었다. 그러다 후식으로 나온 차를 마시며 차분히

마무리가 되어 가나 싶던 때였다. 은주는 자신을 형용할 수 없이 자애로운 눈길로 바라보는 예비 시어머니의 시선을 느꼈다고 했다. 그녀의 입에서 "아가, 그래도 아는 하나 있어야지."라는 말이 나왔다. 정말 아이를 어르는 듯한 어투였다.

"어머니, 그건 저희가 전부터 말씀드렸지만……." 하는 은주의 손등을 아버지가 지그시 누르며 말리더니 "그럼요, 사부인. 이러니저러니 해도 내 자식을 가지고 싶은 거는 본능이니까요. 그거는 뭐 앞으로 자연스럽게 생각이 바뀔 겁니다. 걱정 마세요." 하고 웃었다. 은주 어머니가 자연의 순리가 그렇다고 말을 이었고, 예비 시아버지는 "요새는 애국이기도 하고요."라고 덧붙였다. 그러곤 시시한 코미디 프로그램에 동원된 방청객들처럼 일제히 웃음을 터뜨리는 양가 어른들을 보며 은주는 숨이 막혔다. 그토록 지난한 설득의 과정을 거쳤건만 그간의 기억을 동시에 잃어버린 사람들 같았다. 궁극적으로 이해받지 못하더라도 최소한 의사는 전달했다고 생각하며 결혼 준비를 시작하려던 은주는 당황스러움을 넘어 배신감을 느꼈다.

"어우 숨 막혀." 경진이 말했다. "어른들 그렇게 작정하고 시치미 뚝 떼면 진짜 사람 잡잖아."

"숨 막힌다는 말이 딱이야. 열 받는 게 아니라 정말 숨이 턱 막히고 멍해지더라고. 나는 아이를 원하지도 않을 뿐 아니라 낳아 키울 여건도 안 된다, 그 얘기를 도대체 앞으로 몇 번 더 해야 알아들어 줄지 짐작도 안 되더라. 일단은 입 닫고 있다가 어른들 가시는 거 보고 나와서 카페에 들어갔는데 너무 심란한 거야. 집에 가 봐야 피피티 자료 만들 기분도 안 날 것 같다고 했더니 수찬이가 그럼 안 들어가면 되지 그러면서 여기 예약한 거야."

수찬은 호텔 예약 앱의 화면을 보여 주며 득의만만한 표정을 짓더라고 했다. 그 얘기가 아니었는데 싶었지만 환불이 불가한 상품이어서 취소하라는 말은 하지 않았다. 다만 은주는 쉬러 가기 전에 한 가지는 짚고 넘어가야겠다 싶었다.

"자기는 아까 부모님들이 애 얘기할 때 그냥 웃고만 있더라?"

"거기서 울고 있을 수는 없잖아."

수찬이 싱글거렸다.

"이게 그냥 농담으로 넘어갈 일이니?"

그제야 상황의 심각성을 인식한 수찬의 얼굴에 곤란한 표정이 스쳤는데 때마침 그의 부모님이 열차에 올랐다는 연락이 왔다. 수찬은 냉큼 전화를 받았다.

"예, 아버지. 예, 그럼요! 아무런 걱정 마세요. 제가 잘 타이르면 되죠, 그럼요."

수찬이 상급자를 대하듯 바짝 기가 죽어 대답하는 모습을 보면서 은주는 두통약을 삼켰다.

"누굴 타일러? 그거 내 얘기지?"

수찬은 대답을 미룬 채 다시금 허허실실 웃더니 부산스럽게 메시지와 메일을 확인했다. 그것은 수찬이 심각한 상황을 모면하기 위해 일 핑계를 대고 자리를 뜨려 할 때의 준비 작업이었다. 은주는 속으로 오늘까지 그런 식으로 넘기려 한다면 이 관계에는 미래가 없다고 여겼다. 그래서 수찬이 "어떡하지, 나 잠깐 좀 들어가 봐야……"라고 말을 꺼내기 무섭게 "오늘은 안 돼." 하고 선을 긋게 되더라고 했다.

"그러다가 대판 싸운 거야? 수찬 씨하고는 싸움이 안 된다며."

"그래, 그래서 희망이 없는 거야. 난 진짜 한 번만 대판 싸워 봤으면 좋겠어. 앤 그냥 같이 얘기 잘하다가 갑자기 입 꾹 닫아 버리거든. 전원을 탁 하고 끈 거 같은 얼굴로, 그게 어떤 표정이냐면……."

"알지." 경진이 얼른 대꾸했다. "나도 많이 봤어. 내성적인데 고집 있는 애들이 버틸 때 그러거든."

은주는 수찬이 바로 그렇게 한 시간 넘게 버티더라면서 진저리를 쳤다.

"그냥 그렇게 전원 딱 끄고 있길래 속이 터져서 결국 나 혼자 나온 거야. 도대체 앞으로도 어른들이 애 얘기를 하면 그냥 웃고만 있을 거냐, 네 생각은 뭐냐, 내가 딩크를 원한다니까 그냥 오케이하는 척한 거냐 좀 들어 보자고 하는데 눈도 안 맞추고 앉아만 있으니까 나중엔 속이 터져서 눈물이 줄줄 나더라고. 넌 회사에서 일할 때도 이러냐고, 아니면 날 무시하는 거냐고 닦달을 해도 그냥 고개만 숙이고 있어. 내가 미쳤었나 봐. 허허실실거리다가 심각한 상황만 됐다 하면 이러는 꼴을 3년 넘게 보고도 다시 걔랑 결혼을 하겠다고 일을 벌였으니."

감정이 격해지는지 은주의 두 눈이 붉어졌다.

만약 이 모든 이야기를 처음 들었다면 은주를 적극적으로 말렸으리라고 경진은 생각했다. 하지만 그렇게 말려서 이별에 이르고, 재회를 한 후에도 같은 고민이 거듭되었기 때문에 섣불리 잘라 말하기가 꺼려졌다. 그럼 무슨 얘기를 할 수 있을까. 떡살을 천천히 씹으며 생각을 더듬다 스치는 생각에 경진은 비로소 입을 열었다.

"돈 얘기는? 중요한 얘기가 안 되면 경제적인 거 얘기할 때도 숨어?"

은주는 잠시 생각을 더듬더니 그렇지는 않은 것 같다고 했다. 서로의 재정 상황에 대해서 속속들이 알고 경제관도 비슷한 편이라는 것이었다. 수찬이 입을 다무는 화제는 오직 감정과 관계에 대한 것, 그중에서도 진지한 얘기에 국한됐다.

"다행이네 그건. 우리 엄마는 아빠 생전에 돈 관련해서 얘기가 안 되는 걸 제일 못 견뎌 했거든."

엄마만이 아니었다. 경진의 언니도 중학생이 된 이후부터는 쭉 아빠를 못마땅하게 여겼다. 모진 말들은 허공에서 부서져 집 안 구석구석에 남아 있었다. 깨진 유리잔의 파편을 제대로 치우지 않고 대충 한구석에 밀어 놓은 것처럼 집 안 이곳저곳에 떨어져 있는 말의 파편이 때를 가리지 않고 피부를 파고들었다. 사실 당시만 하더라도 경진은 엄마와 언니의 기에 눌린 아빠에게 일견 측은한 감정을 품고 있었다. 그러다 한참 후에 경제 활동을 시작하면서 생각의 방향이 정반대로 바뀌었다. 내가 나 한 명을 먹여 살리기도 이렇게 벅찬데 엄마는 두 딸뿐만 아니라 경제생활과 미래의 계획에 관한 얘기만 나오면 술잔 속으로 도망가는 남편까지 부양했구나 싶었던 것이다.

피곤하다 못해 서러운 감정이 치밀 만큼 오래 일하고 집으로 돌아가는 길에는 엄마가 떠올라 코끝이 시큰해졌다. 그러나 그 김에 전화라도 한 통 걸었다 하면 쏟아지는 잔소리로 인해 애틋했던 마음이 순식간에 휘발되었다. 마지막으로 뵌 2년 전부터 엄마는 버릇처럼 "너 언제까지 자리 못 잡고 그러고 살래." 하며 성화였다. 그런 식으로 폄하할 필요는 없지 않느냐고 차분히 따져도 보고 쭉 이러고 살겠다고 농담처럼 받아치기도 했지만 엄마는 지치지 않고 같은 질문을 반복했다. 종내 서로 언성을 높이며 대화가 마무리되다 보니 전화를 거는 횟수가 줄 수밖에 없었다. 경진은 엄마와 마지막으로 통화한 게 언제 인지조차 가물가물했다.

이튿날 경진을 잠에서 깨운 것은 휴대폰의 메시지 알림음 이었다. 퍼뜩 놀라 액정 화면을 들여다보자마자 절로 한숨이 나왔다. 메시지가 온 것은 경진이 아니라 은주 쪽이었다.

"너 요새 누구 만나? 아니면 썸이야?" 먼저 깨서 휴대폰을 만지작거리던 은주가 캐물었다. "어디 한번 소상히 고해 보려 무나. 누구 연락을 그렇게 기다리는지."

경진은 은주에게 해미의 이야기를 털어놓고 싶었다. 금요일 밤에 사라져서 어제 낮까지 기별이 없다는 연락을 받았는데, 어쩐지 겁이 나서 더는 학부모에게 소식을 묻지 못한 채 기다 리고만 있다고. 해미에게 직접 연락을 넣어 보기도 했지만 답 이 없다고. 하지만 입 밖으로 내는 순간 만에 하나 해미에게 일어나면 어떡하나 싶어 우려하던 일이 현실이 될 것만 같은 불안감에 그럴 수 없었다.

"폰을 그렇게 쥐고만 있으면 뭐가 달라질 것 같아?" 은주가 요란하게 기지개를 켜며 말했다. "전에 연락한 거 보여 줘 봐. 내가 보면 사이즈 딱 나오지."

경진은 별일 아닐 거라고 몇 번씩 되뇌며 휴대폰을 가방 안에 넣었다.

"연락 기다리는 건 내가 아니라 네 얘기잖아."

"그 초딩 같은 인간 연락을?"

끙 소리를 내며 일어난 은주가 경진의 침대 위에 휴대폰을 획 던지더니 커피포트를 들고 욕실로 향했다. 수찬이 은주에게 보낸 메시지에는 '화 많이 났어? 미안'이라는 짧은 문구 뒤에 ㅠㅠ 표시가 있을 뿐이었다.

"이게 다야?" 경진은 헛웃음이 났다. "진짜 이건 보상 데이 정도로는 해결이 안 나겠다. 이렇게 속 터지는 걸 뭘로 보상받냐고."

물이 끓자 은주는 "얘 이러는 걸 아는데 다시 만났으니 내가 미쳤지, 미쳤어." 하고 중얼거리며 믹스 커피 분말을 컵 안에 쏟아부었다. "근데 여긴 너 싫어하는 믹스커피밖에 없어서 어쩌니."

"나 안 싫어하는데? 엄마가 달고 사는 게 보기 싫었지."

"얼마나 드셨길래 싫어질 정도야?"

"예전에 엄마가 학습지 교사 할 때 수업 마치면 당 떨어진다고 엄청 드셨거든. 그때부터 버릇이 돼서 위장약 드시면서도 달고 사니까 보기 싫었던 거야. 가끔 마시면 맛있지 뭐."

경진이 몸을 일으켜 은주가 건넨 컵을 받았다. 권장량보다

적게 물을 잡은 커피는 짙고 다디달았다. 입안에 착 감기는 단맛에 남아 있던 잠기운이 달아났다. 보상 데이가 아직 끝나지 않았는지 은주는 곧 아침 뷔페를 먹으러 가자며 커피를 홀짝였다. 그러면서 다시 수찬과 만날 일을 걱정했다. 언젠가부터 그와 진지한 얘기를 나누려고 마음먹으면 결국에는 눈물을 터뜨리거나 막말을 하거나 둘 중 하나가 된다는 것이었다.

"뭐라고 어떻게 말을 해야 잘하는 건지 모르겠다."

은주가 중얼거렸다.

그 모습에 경진은 문득 언니 생각이 났다. 언니는 말하자면 수찬과 반대되는 성격으로 속엣말을 담아 두는 법이 없었다. 상대가 누구든 그때그때 화를 내고 서운한 점을 얘기하고서 "야, 내가 뒤끝은 없잖아."라고 강조하는 타입이었다. 그런 성격과 잘 맞는 사람도 있겠지만 경진은 그렇지 않았으므로 언제부턴가 언니와 데면데면해졌다. 언니도 엄마도 그 점을 아쉬워했고, 때로 언니는 경진에게 서운함을 쏟아내는 메시지를 보냈다. "너는 어릴 적부터 그랬지만 애가 진짜 자기밖에 몰라……." 하는 식으로 시작해 한 뼘 길이로 이어지며 토로하는 내용이 바뀌기 시작한 것은 올해 초였다.

언니를 변하게 만든 계기는 어린이집 교사에게 전해 들은 다섯 살 난 외동딸의 한마디였다. 평소 소극적이고 과하게 주변 눈치를 보는 딸이 안타까웠던 언니는 아이가 엄마를 가리켜 "내가 제일 사랑하는 제일 무서운 사람"이라고 표현하더라는 말을 듣고 머리를 한 대 얻어맞은 듯한 충격을 받았다. 그때부터 육아 서적을 넘어 심리와 대화법에 관한 책을 탐독한다더니 어투가 전폭적으로 바뀌었다. 이따금 실습이라도 하는 사람처럼 메시지를 보내왔는데 경진에 대한 비난을 철저히 삼가고 자신이 느끼는 감정에 대해서만 적었다. 경진은 이것 좀 보라며 언니가 가장 최근에 보낸 메시지를 은주의 눈앞에 댔다.

동생, 요새 애들 시험 철이라 많이 바쁘지? 그래도 어버이날이 다가오는데 같이 전주에 한번 가자는 얘기에 답이 없어 언니는 서운한 마음이 드는 것을 어쩔 수가 없구나. 이제 엄마는 혼자 계시고 전보다는 조금이나마 더 신경을 썼으면 하는 게 내 솔직한 심정이야.

올 초 처음으로 이런 연락을 받았을 때 경진은 한순간 딴사람처럼 구는 언니가 신기하다 못해 징그러웠다. 조카를 생각하면 언니의 변화가 다행으로 여겨졌지만 한편으로는 얼마나 갈까 하는 의심의 눈초리를 거두지 못한 게 사실이었다.
"니네 언니가 보낸 거 같지 않기는 하다." 은주가 웃었다.
"그렇다고 나름 이렇게 노력하는 걸 계속 씹은 거야?"

"어색해서 뭐라고 보내야 될지를 모르겠어."

"야, 그러다 다시 흑화되면 어쩌려고."

은주는 그렇게 덧붙이고는 씻겠다며 욕실로 향했다. 원상 복귀되는 것은 싫은데 하는 생각이 들어서 경진은 그간 언니가 보낸 메시지를 차근히 다시 살펴보았다. 언니는 함께 엄마를 뵈러 갔으면 한다는 바람을 거듭하여 전하고 있었다. 경진으로서도 2년 넘게 본가에 다녀오지 않았으니 한 번쯤 찾아갈 때가 되었다 싶기도 했다. 하지만 마지막으로 뵀던 그 모습 때문에 선뜻 대면할 엄두가 나지 않았다.

손가락 골절을 처치하는 작은 수술 후에 엄마는 어째서 그토록 혼란스러워했을까. 병원에서 도대체 무슨 일이 있었으며, 커튼을 떼는 일에 왜 그렇게 집착했던 것일까. 한동안 엄마에게 묻고 또 물었지만 돌아오는 대답은 "너 언제까지 제대로 자리도 못 잡고 그러고 살래." 하는 힐난뿐이었다.

경진은 한숨을 내쉬며 자리에서 일어났다. 그때였다. 유리창 너머 전면에 위치한 두 빌딩 사이로 서울역이 보였다. 서울역은 마치 지금 이 순간을 위해 특별히 점찍어 둔 자리에서 숨죽여 기다렸던 것처럼 그 자리에 있었다. 경진은 팔짱을 낀 채로 한동안 꼼짝하지 않고 서울역 지붕을 내려다보았다. 혹시 하는 마음이 움트기 시작했다. 지금이라면 다르지 않을까. 뭔가에 홀린 듯 내밀한 사연을 전하는 사람들처럼 지금이라

면 엄마도 내게 그때 있었던 일의 진상을 털어놓지 않을까 하
는 마음이.

3부

망설임 없이 기차표를 예매하던 때와 달리 막상 은주와 헤어지고 서울역으로 향하는 길에 경진은 자꾸 딴청을 부렸다. 나들이 나온 사람들에게 시선을 던지며 느릿느릿 서울로를 지나 서울역에 붙어 있는 아울렛 옥외 가판대를 기웃거렸다. 편의점에서 음료수를 고르는 데도 뜸을 들였다. 그러다 열차 출발 시간이 촉박해서야 역사 안으로 들어가는 바람에 플랫폼으로 내려가면서는 뛰어야 했다.

　일요일의 하행 열차는 만석에 가까웠다. 밭은 숨을 내쉬며 자리에 앉은 경진은 출발 시간까지 1분밖에 남지 않았음을 확인하고 안도했다. 잠시 뒤 열차가 막 출발했을 때 그와 거의 동시에 통로의 문이 열리면서 중년 여성이 객실 안으로 들어왔다. 얇은 물빛 블라우스에 슬랙스를 받쳐 입고 한 손에 휴대폰을 꼭 쥔 여자는 얼마나 뛰었는지 어깨까지 들썩이며 자리를 찾았다. 그녀가 옆자리에 앉은 후에도 휴대폰을 손에서 놓지 않고 누군가의 연락을 기다리는 양 액정을 흘끔대는 모습이 경진에게는 남 일 같지 않았다. 이내 마음을 먹고 가방에서 휴대폰을 꺼낸 것은 그래서였는지도 몰랐다. 전주에 조심히 다녀오라는 은주의 연락뿐, 해미에게서는 여전히 답이 없었다. 경진이 보낸 메시지도 여전히 읽지 않은 채였다.

맥이 빠진 경진은 등받이를 살짝 뒤로 젖히고 잠을 청했다. 까무룩 빠져든 꿈속에서 쫓기고 붙잡히고 다시 도망치다가 수령이 몇백 년은 되어 보이는 거대한 은행나무 꼭대기로 올라갔다. 도피의 고된 행로를 파고들어 경진을 깨운 것은 옆자리의 여자가 외치다시피 한 한마디였다.

"찾았어? 그래, 아이고, 다행이다!"

잠에서 깬 경진을 향해 여인은 미안한 듯 고개를 숙여 보였다. 그러고는 목소리를 낮추어 통화를 하는 상대에게 윽박지르지 말라고 당부했다. 윽박지르지 말라는 것을 보면 사라진 대상이 아이였을지도 모른다고 경진은 추측했다.

"알지, 네가 어디 그럴 사람이야? 너희 남편 말이야. 남편한테도 절대 윽박지르지 말라고 단속을 하라고. 응. 그럼, 잠깐 한눈파는 새 그러지 뭐. 왜 아니겠니. 원래 그런 일이 일어난 단다. 왕왕 일어나. 약 타고 올 테니까 잠깐만 기다리라고 했다가, 화장실 다녀온다고 했다가 그사이 사라지는 거 내가 수도 없이 봤는데 왜 모르겠니."

여자는 입버릇처럼 알지 그럼 하고 자주 맞장구치며 상대를 안심시켰다. 통화를 마친 후에는 한숨 돌린 듯 다리를 쭉 뻗고 크게 숨을 내쉬었다. 경진은 하나 사면 하나 더 주는 이벤트로 받은 것이라는 핑계를 대고 그녀에게 음료수를 건넸다.

"어머나, 이렇게 고마울 데가."

예의 싹싹한 어투로 말하며 두 손으로 캔 음료를 받아 들고 여자는 절반쯤 되는 양을 한 번에 들이켰다. 그런 다음에 그녀가 밝힌 이야기는 경진의 짐작과는 반대였다.

방금 전에 찾은 사람은 아이가 아니라 80대 초반의 노인이라고 했다. 자신과는 일면식도 없는 사람이라고 여자는 밝혔다.

"굳이 따지자면 친구 결혼할 때 한 번은 봤겠죠. 근데 결혼식 날 내 친구랑 남편이나 봤지 그쪽 시아버지가 어땠는지 누가 기억을 하나요."

그녀가 손부채질을 하더니 손수건으로 이마의 땀을 훔쳤다.

"어르신이면 혹시 치매로……?"

"그렇죠. 다른 이유가 있을 게 없답니다." 여자가 한숨을 내쉬었다. "이런 말이 있어요. 어르신이 집에서 자꾸 뭘 못 찾고 없어졌다고 할 때 내가 이걸 어디다 뒀지? 하면 건망증이고, 이걸 누가 가져갔어? 하면 치매라고요. 말이 그렇다는 거지만 아주 중요한 얘기기도 하답니다. 저분이 평소 같지 않고 요새 좀 이상하다 싶은 게 있으면 왜 그러실까, 별일이네 하면서 시간 버리지 말고 설득을 하든 사정을 하든 암튼 진단부터 받아 봐야 된다는 거죠. 한시라도 빨리. 치매 전 단계를 인지 장애라고 하는데 들어 보셨죠? 그때부터 조치를 해야 치매까지 가는 거를 늦출 수가 있거든요. 그게 아주 천지 차이랍니다."

여자는 20년 가까이 사회복지사로 일하는 동안 자신이 아는 모든 지인에게 이 얘기를 수도 없이 해 왔노라 했다. 그러나 막상 자기 집 일로 닥치면 좀처럼 그대로 실천하는 경우가 없더라며 혀를 찼다. 그 반듯하던 어른이 그럴 리가 없다며 주변 사람들이 현실을 부정하는 일이 많고, 내심 걱정되면서도 겁이 나다 보니 차일피일 미루는 일이 부지기수였다. 더 힘든 경우는 어르신이 본인의 상태를 받아들이지 못해 진단을 완강히 거부하는 쪽이라면서 오늘 길을 잃은 어르신도 후자에 속해 대처가 늦었다고 말했다.

복지사는 경진에게 피난민 집안의 첫째로 태어나 아래로 동생 넷을 건사한 어르신의 삶의 궤적에 대해 들려주었다. 시장 한구석 행상부터 시작해 가정을 이루고 삼 남매를 키워 내는 동안 중간 규모 마트의 사장님으로 호시절도 지낸 모양이었다. 그러다 근방에 들어선 대형 마트에 밀려 장사를 접게 됐는데, 그즈음 교통사고로 아내를 여의는 사고가 겹쳤다. 이후 큰아들네와 함께 살았지만 자식들에게 신세를 지고 싶지 않다며 야간 경비로 근무했고 칠순이 넘어서는 공공 근로 일자리도 마다하지 않았다는 것이었다.

"할머니 먼저 가시고 나니까 원체 말수가 없는 양반이 더 말이 줄었다네요. 그렇게 한 세월을 보내다 보니 아들 내외도 어르신이 뭔가 예전하고 달라지셨다는 거를 알기까지 한참 걸리지 않았겠어요? 평생 남한테 기대 본 적이 없는 분이라 어르신은 어르신대로 당신은 멀쩡하다면서 펄펄 뛰고. 애기들처럼 억지로 어딜 데려갈 수도 없어 병원을 찾는 게 한참 늦어졌죠. 그사이에 풍이 와 가지고 기력이 전만 못하신 와중에 급격하게 진행이 되어 버린 거고요."

복지사는 한평생 고생만 하다가 생에 처음으로 온전한 휴식을 누릴 인생의 황혼기를 맞이하고 얼마 되지 않아 인지 장애나 치매 진단을 받는 삶을 접할 때마다 느끼는 안타까움에 대해 얘기했다. 그러다 돌연 화제는 자신의 딸로 옮겨 갔다. 그녀는 휴대폰 사진첩을 뒤적이더니 액정 가득 쏟아질 듯 별이 가득한 사진을 보여 주었다.

"따님이 어디 여행 가셨나요?"

"몽골이요. 우리 딸이 지금 거기 산답니다. 작년에 같은 과에 온 몽골 교환 학생이랑 친하게 지내다 처음엔 여행을 간다 더니만 지금 아니면 언제 그래 보겠냐고 한 학기 휴학하고 거기 가서 한 반년 있다 오겠다는 거예요. 애들한테 한국어도 가르치고 해 보고 싶은 게 많다면서요. 처음에는 미쳤니 소리가 절로 나오더라고요. 남들은 스펙 쌓느라 바쁘다는데. 근데 결국엔 가 보라고 했어요. 딸 말대로 지금 아니면 일하느라 평생 못 갈 수도 있잖겠어요? 일할 거 다 한 다음에는 아파서 못 갈지도 모르는 거고요. 그래서 뭐 지가 벌어서 갔다 오겠다는데 뭘 말리냐, 아유 그래, 다녀와라 했죠."

시차가 한국과 한 시간밖에 나지 않는다는데 어쩜 연락도 자주 안 할까 싶어 애가 닳을 때쯤 평생 본 적 없는 근사한 사진이 한 장씩 전송되곤 한다고 말하며 복지사는 웃었다. 아마 지금껏 본 적 없는 풍경을 보고 느끼고 그 안에서 적응하느라 눈 깜짝할 새 하루가 다 지나갈 거라며 경진은 딸의 편을 들어 주었다. 연락 문제로 엄마를 서운하게 만드는 모습이 남 일 같지 않았던 것이다. 서대전역에서 내리는 복지사와 일별한 후에야 경진은 엄마에게 전주로 가고 있으며 두어 시간 후면 도착하리라는 메시지를 보냈다.

전주역에 내린 후에도 발걸음이 가볍지만은 않았다. 엄마와 무슨 얘기를 해야 하나 싶어서였다. 마지막으로 봤던 때와 비교해 보아도 경진의 삶에는 변한 점이 없었다. 엄마는 언제까지 그리고 살래 하는 질문을 참지 못할 테고 한 번으로 모자라 수차례 따져 물을 게 빤했다. 그러면 겉으로는 내버려 두라며 싫은 내색을 하면서도 속으로는 움츠러들 것이다.

어쨌거나 싸우지는 말자. 택시에 오른 경진은 다짐했다. 언성을 높일 거 없이 듣기 싫은 말은 한 귀로 듣고 한 귀로 흘리자고 마음을 다지는 동안 어느새 집 근처에 닿았다. 아파트 단지 입구에서 내리자 아직 배가 고프지도 않았건만 큰길 건너편의 식당가가 눈에 들어왔다. 중간 규모의 마트를 사이에 두고 왼편에는 치킨집과 고깃집이, 오른편에는 밥집들이 늘어선 모습이 익숙했다. 콩나물국밥집 간판에 적힌 '24시간 영업'이라는 문구도 적당히 허름한 백반집 문에 쓰인 '백반 전문'이라는 파란 글씨도 그대로였다. 2시 40분, 집에 가서 점심 식사를 하자기에는 늦은 시간이라는 것을 핑계 삼아 경진은 백반집의 문을 열었다.

자리를 잡자마자 상 위에 놓이는 자그마한 스텐 주전자와 그 안에 담긴 보리차가 정겨웠다. 주문한 시래깃국이 나오기 앞서 배추김치와 깍두기, 버섯들깨볶음, 미역줄기볶음, 꽈리고추찜 같은 소박한 반찬이 담긴 그릇들이 두 줄로 늘어섰다. 얇게 저민 울외장아찌 옆으로 놓인 손바닥만 한 플라스틱 통에는 돌김이 가득 들어 있었다. 그러고도 충분치 않다는 듯 식당 사장님은 밥그릇 옆에 계란프라이가 든 접시를 내려놓았다.

"드시다 모자란 반찬 있으면 더 달라고 해요."

오랜만에 고향에 왔구나, 전주에 왔구나 실감하며 경진은 슬며시 미소를 지었다. 얕은 뚝배기에 담긴 시래깃국 국물에서 집된장과 들깨의 구수한 맛이 동시에 느껴졌다. 군데군데 썰어 넣은 붉은 고추로 인해 뒷맛은 은근히 칼칼했다. 국물부터 몇 숟갈 떠먹는 동안 몸의 구석구석 열기가 퍼졌다. 경진은 카디건을 가방 위에 벗어 놓은 뒤 밥 한 공기를 남김없이 비웠다.

커피 생각이 간절했지만 더 미적거릴 수 없어 집으로 향한 것이 무색하게 경진은 아파트 단지 내 벤치에서 십여 분 가까이 엄마를 기다려야 했다. "얘는, 미리 연락을 줬으면 오늘은 좀 일찍 퇴근했으면 됐는데." 하고 타박하면서도 오랜만에 경진을 맞이한 엄마의 표정은 밝았다. 봄이고 가을이고 즐겨 입는 남색 바람막이는 변함없었지만 헤어스타일의 변화는 전격적이었다. 늘 새치 염색을 하고 본인의 표현에 의하면 "너무 빠글거리지는 않게" 펌을 했던 모습에서 반듯하게 빗어 넘긴 짧은 단발에 3분의 1쯤 되는 흰머리를 그대로 드러낸 스타일로 바뀐 모습이었다.

"정말 편해. 인제는 전처럼 하래도 못 해. 한 달에 꼬박꼬박

두 번씩 염색을 하고 어떻게 살았나 몰라."

그렇게 말하고 집에 들어서며 엄마는 경진이 왔으니 같이 맛있는 커피를 마셔야겠다고 했다. 요즘은 맥심모카골드 말고 다른 브랜드 커피도 드시나 생각했던 경진은 식탁 의자에 앉자마자 펼쳐진 풍경에 입이 떡 벌어졌다.

놀라움의 시작은 질문이었다. "너 혹시 산미 있는 커피 싫어하지는 않지? 경희는 예가체프 산미도 영 별로라더라. 이 맛있는 걸." 하더니 엄마는 물부터 끓였다. 한쪽 바닥이 우그러진 스텐 주전자가 아니라 입구가 좁고 긴 핸드드립용 주전자였다. 드리퍼에 필터를 끼워 넣고 분쇄된 원두를 얹는 모습과 먼저 뜸을 들이고 나서 두 번에 걸쳐 뜨거운 물을 흘려 넣어 커피를 내리는 동작이 한두 번 해 본 솜씨가 아니었다. 추출한 커피는 노란색 잔꽃 무늬와 가느다란 금장 라인으로 장식된 잔에 따라 주었다.

"언제 이런 빈티지 잔을 사셨어요?"

"새로 산 거 아니야. 언제냐, 작년 이맘때였나? 경희가 와서 아주 그냥 찬장을 이 잡듯이 뒤집더니 옛날에 쓰던 서울 우유 유리잔 있지? 그거는 싹 모아서 자기 달라고 가져가고 이것도 꺼내 놓더라. 좋은 거 묵히지만 말고 좀 쓰라고 그러더라고."

"집에 이런 게 있었을 줄이야."

"혼수지 뭐. 나 시집왔을 때 해 온 응접세트 중에 있던 거야. 그때는 식 올리고 나면 음악 안 틀고는 못 사는 느이 아빠랑 나란히 앉아 음악 감상해 가면서 커피 한 잔씩 하고 그럴 줄 알았지. 근데 그런 거시기 할 여유가 없었잖아, 그동안에는. 암튼, 마셔 봐. 엄마 이거 제대로 배운 거야. 바리스타한테 돈까지 주고서."

섬세하고 화사한 향과 어우러진 구수한 커피 맛은 여느 카페의 핸드드립커피에 뒤지지 않았다. 맛이 좋다고 말하자 엄마는 오늘 따라 조금 진하게 내려졌다며 다시금 커피 잔을 들었다. 경진은 믹스 커피를 버릇처럼 마시며 위염과 역류성 식도염으로 고생하던 엄마의 변화가 반가우면서도 얼떨떨했다. 공들여 골라 놓고 수십 년 동안 잊고 있었던 잔을 꺼내어 쓰다 보니 그에 걸맞은 새로운 취향과 여유까지 거머쥐게 되기라도 한 것일까. 살면서 한 잔의 커피를 통해 이토록 비현실적인 순간을 맞이할 수 있을까 싶었고, 언니가 발굴해 낸 찻잔이 알라딘의 요술 램프처럼 보일 지경이었다.

"긴히 할 얘기가 있는 얼굴인데? 갑자기 내려온 것도 그렇고."

엄마가 눈을 맞추며 말하자 경진은 고개를 저었다.

"그런 거 없어요. 그전에 봤을 때랑 달라진 것도 없고 똑같아요." 경진은 방어적으로 재빨리 부정한 후 되물었다. "엄마야말로 뭐 일이 많으셨나 본데요?"

"없다고는 못 하지. 올해 반찬 가게에 새로 취직도 하고, 사장님이 잘해 줘. 이렇게 커피도 배웠고. 깔끔하게 내려서 하루에 한 잔만 마시니까 속도 편하더라."

"커피 내리는 건 누가 공짜로 알려 준 거예요?"

"얘 좀 봐, 돈 내고 배웠다니까. 내가 이날 이때까지 살면서 공짜 덕 본 거는, 너 엄마 친구 중에 꽃집 하는 이모 알지?"

"알죠. 같이 계도 하셨잖아요."

"계 모임은 요새도 해. 암튼 내가 살면서 공짜 덕 본 건 걔네 가족 여행에 껴서 경주 간 거. 그거 하나밖에 없어. 그 덕에 좋은 거 많이 알았지."

여행은 지난해 추석에 다녀온 모양이었다. 꽃집 이모는 딸들이 반년 전부터 예약을 해 뒀는데 갑자기 막내가 회사에 일이 생겨서 못 오게 됐다며 엄마에게 경주행을 권했다고 했다. 친구네 가족 사이에 끼어서 가는 입장이었던 터라 엄마는 평소라면 한사코 손사래 쳤을 일도 잠자코 따랐다. 이튿날 첫 번째 일정으로 대릉원 근방의 한옥 카페에 가게 되었을 때만 해도 그랬다. 전주에도 차고 넘치도록 많은 게 한옥이건만 다른 도시까지 가서 또 한옥 카페를 찾아가는 것도, 오픈 시간에 맞춰 들어가야 사진 찍기 좋다는 이유로 아침 식사를 하자마자 서둘러 이동해야 하는 것도, 무엇보다 한 입 거리밖에 안 되는 커피에 육칠천 원을 쓰는 것까지 온통 마음에 안 드는 것투성이였지만 입 밖에 내지는 않았다고 했다. 운전을 도맡아 한 친구 딸이 꼭 가고 싶다는데 참아야지 별수 있나 싶더라는 것이었다.

그렇게 한옥 카페에 첫 번째 손님으로 들어가서 엄마는 두 가지 사실에 놀랐다. 첫 번째는 커피의 맛이었다. 달달한 맛을 찾는 엄마는 아인슈페너를 추천받았는데, 작은 잔 위에 크림이 듬뿍 올라간 커피 맛이 평소에 마시던 것과는 차원이 다르더라고 했다. 마치 케이크를 액체로 마시는 것처럼 진하고 달콤한 데다 풍부한 맛에 그야말로 줄어드는 게 아까울 지경이더라고 엄마는 말했다. 한옥 처마에 드리워진 햇살을 보면서, 담벼락을 대신하는 대나무 잎사귀를 훑는 바람 소리를 들으면서 맛있는 커피를 마시고 있자니 참 좋다 하는 말이 절로 나오더라는 것이었다.

"그게 우리 젊었을 때 비엔나커피 있지? 그거라던데?"

꽃집 이모의 설명에 엄마는 고개를 끄덕였다. 동시에 단발머리 대학생이었던 20대 시절의 기억이 생생하게 떠올랐다. 당시에도 물론 내키는 대로 카페에 드나들 만큼 넉넉하지는 않았다. 그러나 이후로 30년 넘도록 커피 한 잔의 여유를 잊고 살 만큼 각박한 미래가 이어지리라고는 꿈에도 예상치 못했다. 고생만 시키고 먼저 떠난 남편만 탓하기에는 남은 인생이 길었으나 이제 곧 환갑이었다. 더도 말고 마흔만 되었어도, 아니 쉰만 되었어도 여기저기 더 다녀 보고 누려 볼 텐데. 이제 깨달아 어쩌나 싶어 일순간 서러운 생각이 들더라고 엄마는 말했다.

"아니 그때 카페 안으로 어떤 노부부가 들어오는데 그 어르신들이 완전히 호호 할머니에 호호 할아버지인 거야. 가만 보니까 관광지라 그런지 카페 안에 나이 든 사람도 많데. 다들 그러더라고, 눈치 보여 못 할 게 뭐가 있냐고 말이야. 내키면 그냥 무조건 하래. 지금도 못 하는 일은 내년 내후년에는 더 못 한다면서. 게다가 우리도 관광지 가까이 사니까 좀 좋으냐고, 민망하면 남들처럼 관광 온 사람인 척하면 된다는 거야."

"그럼 이 근방 한옥 마을에 있는 카페도 가 보셨겠네요?"

"나 혼자는 좀 그렇고 처음엔 꽃집 걔한테 얘기해서 같이 가 봤지. 모임 마치고도 가고. 전에 계 하던 사람 중에 넷이서 요새도 한 달에 한 번씩은 꼭 만나거든."

자녀를 키우는 동안에는 함께 돈을 모으던 멤버가 지금은 모여서 외식을 하고 때로는 당일치기 국내 여행을 도모하며 돈을 쓰는 모임이 됐다고 덧붙이며 엄마는 웃었다. 전에는 모임에서 식당을 정하면 한 끼 밥값이 과한 게 아니냐거나 젊은 애들 가는 데 아니냐며 불만을 내비치던 엄마가 적극적으로 변하니 모두 반겼다고 한다. 마침 그중에 커피와 홍차에 관심이 많은 분이 있어서 엄마는 곧잘 그분을 부추겨 함께 산책을 하고 궁금한 카페도 방문했다. 그러는 동안 엄마의 입맛은 진득하게 달콤한 아인슈페너에서 향긋하고 깔끔한 핸드드립으로 넘어오게 되었다. 때때로 플랫화이트가 당길 때도 있는데 그럴 때는 객사 근방의 카페에 간다고 했다.

엄마의 변화를 이끈 것은 찬장 안쪽 깊숙한 곳에 방치되어 있던 빈티지 잔이 아니라 우연히 합류한 여행과 또래와의 만남 덕인 모양이었다. 오늘 저녁에도 모임이 있다고 했다. 원래는 월말인 지난 주말에 만났어야 했지만 그날 비가 오는 바람에 오늘 보기로 했다는 것이었다. 경진은 외출 준비를 시작한 엄마에게 무엇을 드시러 가느냐고 물었다.

"몰라. 꼬막이든가? 아니, 저기 바지락이다. 바지락죽이랑 초무침."

시선은 활짝 연 옷장 안에 둔 채로 엄마가 말했다.

새콤한 바지락초무침에 밥을 비벼 먹으면 꼬막비빔밥과 비슷하면서도 한결 산뜻한 맛이 났다. 담백한 바지락죽 또한 경진이 좋아하는 메뉴였다. 속이 비었다면 당장 따라나섰으리라 생각하며 입맛만 다셨다. 아침 겸 점심으로 뷔페를 먹고 나서 조금 전에 늦은 점심 식사까지 한 터라 저녁까지 굶어야 배가 꺼질 것 같았다.

"그럴 때는 나가서 한바탕 걸어야지."

거울 앞에 선 엄마가 말했다. 가르마를 새로 타고 빗질을 하면서 엄마는 자기와 같이 나가서 해가 지면 전동 성당 근방에서 만나자고 했다. 저녁을 먹고 나면 곧잘 밤 산책을 즐기는 코스를 소개해 주겠다며 싱긋 미소를 지었다.

경진은 조금 얼떨떨했다. 핸드드립커피와 밤 산책이라. 단지 엄마의 입에서 나왔다는 사실만으로 일상적인 단어가 각별하게 다가왔다. 거실로 나왔을 때는 그와 같은 단어가 하나 더 늘었다.

커튼. 2년 전 그때 진저리를 치며 떼어 내라던 거실 창의 커튼이 다시 제 위치에 걸려 있었던 것이다. 그것은 그때 엄마에게 무슨 일이 있었는지 물어도 되는 시점이 왔다는 표식처럼 보였다.

엄마가 플랫화이트를 마시러 종종 찾는다는 카페는 객사 근방의 대로변에 있었다. 외벽과 창틀 전체를 감싼 짙은 오트밀 컬러가 들어서는 순간부터 아늑한 인상을 주는 곳이었다. 실내에는 설레는 약속을 앞두고 흥얼거리는 누군가의 노랫소리처럼 경쾌한 보사노바 음악이 흘렀다. 곳곳에 배치된 식물과 빈티지 소품을 구경하던 경진의 시선은 화병을 대신해 놓인 유리 저그 안에서 활짝 핀 노란 장미 꽃잎으로 향했다.

엄마가 이런 카페에서 플랫화이트를 마시고 그런다는데?

상상이 돼?

경진은 언니에게 메시지를 보냈다. 엄마와 자주 통화를 하는 언니라면 이미 소식을 전해 들었겠지만 급격한 변화를 체감하는 데는 눈으로 보는 것만큼 유용한 게 없겠다 싶어 카페 내부를 사진에 담아 첨부했다. 그러곤 에이드 한 잔을 주문했고, 차고 산뜻한 음료를 마시는 동안 실내와 괴리가 느껴지는 창밖 풍경을 바라보았다.

4차선 도로 건너로 7080이라는 글자를 큼지막하게 강조한 주점의 적자색 간판이나 복권 판매점 같은 상점들이 보였다. 30년 전쯤에서 시간이 멈춘 듯한 거리에 최신의 감성으로 막 빚어낸 상점이 불쑥불쑥 고개를 내밀고 있는 듯한 모습. 이질적인 시간의 낙차를 두서없이 드러내는 거리 풍경은 사실 그간 거듭하여 목격한 퍽 익숙한 풍경이기도 했다. 아마 맨 처음 목도한 것은 대학생이던 10여 년 전 은주를 따라 삼청동에 놀러 갔을 때가 아니었을까. 낡은 세탁소와 방앗간 사이사이에 스타일리시한 북 카페나 편집 숍이 도드라지던 당시 삼청동 거리가 지금도 생생했다. 연남동이나 경리단길이 급부상하던 시절의 풍경도 별반 다르지 않았다. 역시 은주에게 이끌려 다녀왔던 익선동과 을지로는 상점과 상점 사이에 파인 시간의 낙차 자체가 하나의 스펙터클로 기능하는 것처럼 보이기까지 했다.

잔을 비우고 길을 건너 본격적으로 객리단길에 들어서자 낡은 상점의 숫자가 줄었다. 거리에는 새로 단 간판과 인스타 감성의 인테리어로 무장한 밥집과 술집, 카페가 이어졌으며 일요일 오후를 즐기러 나온 사람들이 넘쳐났다. 경진은 활력이 가득한 풍경을 보면서도 어제 본 경리단길의 모습을 떠올리지 않을 수 없었다. '객리단길'이라는 명칭 자체가 그곳에서 따온 것이었으므로. 한 가지 신기한 것은 반기는 사람보다 넌더리를 내는 사람이 더 자주 눈에 띄는데도 그런 네이밍이 거듭 이어진다는 점이었다. 이목을 끄는 곳곳마다 ○리단길이라는 이름이 따라붙는 동안 시작점인 경리단길은 듬성듬성 불빛이 꺼진 빈자리가 생겨났다. 상권이 다 죽었다는 말이 신음처럼 새어 나오기까지 겨우 몇 년밖에 걸리지 않았다는 점에 경진은 섬뜩함마저 느꼈다.

이 길은 언제까지 살아남을 수 있을까 하는 생각에 빠져 목적지 없이 걷던 걸음을 멈춰 세운 것은 플리마켓에서 발견한 한 장의 엽서였다.

전주 풍경을 담은 엽서와 마그넷들을 모아 둔 부스의 한가운데 자리한 엽서는 세로 변이 한 뼘쯤 되는 크기로 전주 향교 안에 자리한 거대한 위용의 은행나무를 담고 있었다. 하얀

바탕에 주변 배경과 나뭇가지는 펜 터치로 음영만 표현한 채 은행잎에만 채색이 되어 있었던 터라 샛노란 색감이 단박에 시선을 끌었다.

값을 치르고 엽서를 집어 들었을 때였다. "경진!" 하고 부르는 남자의 목소리에 주변을 살폈지만 아는 얼굴은 보이지 않았다. 착각한 걸까. 하지만 발음이 꽤 또렷하게 들려서 이내 경진은 같은 이름을 가진 사람이 있었나 보다 여기고 걸음을 옮겼다.

플리마켓 부스 중에는 잼이나 마카롱, 쿠키처럼 디저트 종류가 많았다. 그중 한 곳의 테이블 한가운데에 한 뼘 크기의 책자가 놓여 있었다. 경진이 관심을 보이자 레이스 천을 접어 만든 듯한 귀걸이를 한 판매자가 싱긋 웃으며 책자를 건넸다. 표지에 죽고 싶지만 디저트는 먹고 싶어!라고 쓰인 책자는 엽서를 이어 만든 아코디언 북 형태였다.

안녕하세요,
죽고 싶어도 디저트는 먹고 싶은 죽디먹입니다.
그해 봄, 잔인한 4월에,
인원 감축에 들어간 회사는
네 명이었던 팀원을 둘로 줄이고
저의 업무는 두 배 $+\alpha$가 되었습니다.

꿈에서도 ~~팀장 욕하며~~ 일을 하며

출근길에 사고라도 나야 쉴 수 있으려나 울부짖던 날들에

유일한 위로가 되어 주었던 바로 그 디저트!

라고 적힌 첫 장에 이어진 페이지에는 판매자를 살린 세 종류의 디저트가 가진 특성과 재료에 대한 설명이 이어졌다. 경진이 책자를 내려놓자 판매자는 엄지손가락만 한 티스푼을 꺼내 들더니 세 가지 디저트 중에 시식을 해 보고 싶은 게 있느냐고 물었다. 경진은 퐁당쇼콜라를 고를까 하다가 커피에 빠진 엄마 생각이 나서 커피젤리를 택했다.

"이거 이제 딱 세 병 남았어요."

판매자가 티스푼을 건네며 말했다.

커피젤리는 혀끝과 입천장 사이에서 부드럽게 풀어졌다. 달콤쌉쌀한 맛의 테두리에 크림의 풍미가 섞여 있었다. 판매자가 테이블 위에 올려 둔 아이스박스를 열어 작은 유리병에 담긴 제품을 꺼내 보이며 젤리 위를 덮은 크림도 수제라고 강조했다.

"바닐라빈 넣어서 크림도 제가 직접 다 쳤어요."

경진이 두 개를 고르자 판매자는 작은 봉투 안에 용기를 세로로 겹쳐 올려 담았다가 좀 더 큰 봉투를 꺼내 들었다.

"그 엽서도 같이 담으시는 게 편할 것 같아서요. 전주에는

여행 오셨어요? 영화제 보시러?"

"지금이 영화제 기간이군요? 어쩐지 북적북적하더라고요."

"모르셨구나. 혹시 전주 처음 오셨으면 좀 이따 해 질 때쯤 오목대 쪽에 올라가 보세요. 오목대 방향으로 몇 분만 올라가면 한옥 마을이 내려다보이는 전망대가 나오거든요. 해 질 때 거기가 예뻐요."

살가운 미소를 지으며 권하는 그녀 앞에서 경진은 어쩐지 실은 전주가 고향이라는 말이 나오지 않았다. 즐거운 여행 되시라는 인사에 알겠다고 대답하며 돌아서자 짐짓 관광객이 된 기분이 들며 발걸음이 가벼워졌다.

사실 경진은 학부생 시절에 관광객 모드로 고향을 방문한 적이 있었다. 그때도 영화제 기간이었지만 영화제를 즐기는 데 관심을 두고 온 것은 아니었다. 생물학과 유일의 캠퍼스 커플이던 선배네가 자가용을 빌려서 떠난다며 함께 가겠느냐고 묻기에 동기 한 명과 따라나선 것뿐이었다.

전주까지 가는 길은 예상보다 막혔고, 번갈아 운전하는 선배들은 공히 아직 초보 운전에서 벗어나지 못한 상황이었다. 중간에 길까지 잘못 드는 바람에 네 사람은 출발한 지 다섯 시간을 넘겨 전주에 도착했다. 선배들이 예약해 둔 한옥 스테이에 짐을 푼 뒤에는 누가 먼저랄 것도 없이 방바닥에 드러누웠고, 영화제 구경은 그날 밤에 홍콩을 배경으로 한 영화 한 편을 본 게 전부였다.

영화는 한 아파트에 사는 네 명의 남녀가 엇갈리는 옴니버스 형식이었다. 영화의 배경이 되는 네 명의 방은 무질서의 극치를 보여 주는 곳과 수납과 공간 활용의 정교함에 입이 떡 벌어지는 공간까지 다양했지만 위태로울 만큼 비좁다는 점에서는 일치했다. 미장센에 압도된 경진은 좀처럼 영화의 내용에 집중할 수가 없었다. 한편으로는 다음 날 일정이 걱정되었다. 10대 때만 하더라도 집과 학교, 학원만 오가는 생활을 했던 터라 일행이 현지인의 안목과 추천을 기대하면 어쩌나 하는 부담을 느꼈다.

이튿날 경진은 자신이 괜한 걱정을 했다는 사실을 깨달았다. 아침에 전동 성당 내부와 경기전을 가볍게 둘러보고 사진을 몇 장 찍었을 뿐 배가 꺼질 새 없이 먹기만 한 여행이었던 것이다. 놋그릇에 담긴 비빔밥과 막걸리 한 상, 콩나물국밥, 피순대, 바게트버거까지 해치우자 1박 2일은 금세 지나갔다. "우리 너무 먹다만 가는 거 아니야?" 하고 경진이 넌지시 물었을 때도 일행은 먹는 게 남는 것이라고 입을 모았다.

훗날 가정을 이룬 선배가 세 살 난 아들과 함께 다시 전주를 찾고서 경진에게 전한 감상은 그때와는 판이하게 달라져 있었다.

"한옥 마을이 아니라 꼬치 마을 같더라. 너무 상업적으로 변했더라고."

"선배도 전에 갔을 때 먹을 거만 찾았으면서 뭘."

경진이 가볍게 항의해 봤지만 직접 가서 보면 알 거라고 말하는 선배의 목소리에는 실망한 기색이 역력했다.

한옥 마을의 입구처럼 위치한 전동 성당과 경기전 사이로 뻗은 태조로. 그 길을 걷기 시작한 지 몇 분 되지 않아 경진은 선배의 의견에 일리가 있음을 인정하지 않을 수 없었다. 한옥 마을을 세로로 가르는 그 길은 먹거리 장터를 방불케 했다. 주전부리를 파는 점포가 지나치게 많았는데 그중에 지역색이 드러나는 메뉴는 소수였다. 엇비슷한 메뉴를 두고 경쟁하는 점포들이 이목을 끌기 위해 흘려보내는 유행가에 목청껏 떠드는 10대들의 음성이 섞여 번잡함을 더했다. 어디에나 팔뚝만 한 꼬치를 손에 쥔 사람들이 삼삼오오 얽혀 있었다.

맙소사, 경진은 가벼운 충격 속에 바삐 걸음을 옮겼다. 얼른 자리를 피해서 쉬고만 싶은 기분이 들어 그 길 끝에 널찍한 평상 위에 기와지붕을 얹은 쉼터가 나왔을 때 더없이 반가웠다. 쉼터에서도 길거리 음식을 먹는 사람이 눈에 띄었지만 한갓진 곳이 남아 있었다. 평상 위에 오른 경진은 신발까지 벗고 두 다리를 쭉 뻗었다. 그러고 나무 기둥에 등을 기대어 한숨을 돌렸을 때였다. 독특한 모양새로 걷는 강아지가 시야에 들어왔다. 무게 중심이 오른쪽으로 살짝 기울어진 채 마치 지면을 꾹꾹 눌러 밟는 듯한 걸음걸이였다. 털의 빛깔을 확인할 만큼 가까워졌을 때 경진은 몸집이 작아서 강아지처럼 보였을 뿐 실은 노견이라는 사실을 알 수 있었다. 그렇다면 노령으로 인해 몸이 성치 않아서 제대로 걷지 못하는 것일까. 어디가 그렇게 아팠을까 싶어서 딱한 마음이 들었다.

"아이고, 수술을 두 번이나 시켰어." 경진의 발치에 걸터앉은 노인이 개를 안아 들며 말했다. "똥오줌도 못 가린다는 말이 있죠잉. 얘가 열여섯이 되니까 몸 상태가 거기까지 가드라고. 우리 아들이 동물 병원 데려가서 관장을 몇 번을 하고 왔는가 몰러."

"열여섯이요?" 경진이 되묻자 노인이 고개를 끄덕였다. "내가 낼모레 여든인데, 나보담도 더 먹었을 거여."

"열 살 넘은 개들은 좀 봤지만 열여섯은 처음이에요."

경진은 감탄했다.

"요만한데 이렇게 오래 버틴 거는 잡종이라서, 그 덕이지. 사람들 보기 좋게 맨들라고 골라 골라서 순종으로 맨든 애기들은 일찍부터 허리 병도 나고 솔찬히 탈이 나드만. 불쌍허지. 그르지 않혀?"

경진도 노인의 말에 동의했다. 개의 이름을 묻자 노인은 의기양양한 어투로 "똑순이"라고 대꾸하며 순한 데다 똑똑하다고, 얼마나 똑똑한지 들어 보라고 했다.

몇 해 전의 일이었다. 노인의 손자가 똑순이를 데리고 나갔다가 반 친구를 만나서 한눈을 파는 바람에 똑순이를 잃어버리고 만 모양이었다. 울며불며 집에 온 손자를 데리고 온 가족이 나서서 세 시간 넘게 동네를 뒤졌는데 집에 돌아와 보니 똑순이가 제 발로 현관 앞까지 찾아왔더라고 했다. 그뿐이 아니었다. 노인은 똑순이가 신호등을 알아본다고 강조했다. 가족들 성격이 급한 편이라 파란불이 되기 전에 길을 건너려고 하면 꼼짝 않고 버티다가 파란불이 되고 나서야 움직인다는 것이었다. 그 덕에 주변에서 똑순이를 모르는 사람이 없다고 자랑하던 노인은 "오래오래 살아야 한다." 하며 똑순이의 등을 쓰다듬었다. 나른한 눈빛으로 노인의 무릎을 베고 누운 똑순이의 모습을 보면서 경진은 덩달아 느긋한 기분이 되었다. 노점에서 흘러나온 유행가가 여전히 아련하게 들려옴에도 불구하고 어수선한 풍경에서 멀리 떨어져 있는 것만 같았다.

그와 같은 거리감은 커피젤리를 사며 추천받은 전망대로 향하는 동안 더욱 커졌다. 한옥 마을의 안녕을 지켜 준다는 당산나무 옆으로 뻗은 탐방로는 조용한 숲길이었다. 전망대에 이르자 묵직해 보이는 DSLR 카메라를 든 남자가 진지한 얼굴로 렌즈를 들여다보고 있었다. 경진에게도 한옥 지붕이 한데 모인 풍경이 눈앞에 펼쳐졌다.

차돌처럼 담백한 먹빛을 띤 기와가 어두운 강에 이는 잔물
결을 새겨 놓은 듯 가지런히 이어졌다. 기와지붕이 이루는 조
붓조붓한 곡선 너머 원경으로 전동 성당 상부의 종탑이 존재
감을 드러냈다. 그 뒤로는 완만한 산등성이가 자리했다. 저무
는 해가 산등성이 주변을 아스라한 담홍빛으로 휘감았다. 촬
영에 여념이 없는 남자의 셔터 소리를 들으며 경진은 그 모습
을 딱 한 장만 사진에 담았다. 태양은 노을 사이로 순식간에
자취를 감췄다. 해가 저물고 나자 지붕과 지붕 사이에서 살구
색 불빛들이 점점이 새어 나왔다.

"근사하다. 해는 뜰 때도 그렇지만 질 때는 정말 한순간이
야. 안 그러니?"

엄마는 경진이 찍은 사진을 보더니 그렇게 말하고 짐부터
맡기자고 했다. 경진이 엄마에게 전할 커피젤리를 들고 있는
것처럼 엄마의 손에도 경진을 위해 포장해 온 바지락죽이 들
려 있었다. 한바탕 걸을 텐데 두 손이 가벼워야 하지 않겠느
냐면서 엄마는 경진을 코인 로커 앞으로 이끌었다.

두 사람 모두 맨손이 된 후에 엄마가 알린 밤 산책 코스는
단순했다. 경기전 둘레를 따라 돌담길을 천천히 걷는 것이었
다. 태조로와 겹치는 구간을 벗어나 중앙초등학교와 마주한
방향에 이르자 거리의 사람이 눈에 띄게 줄었다. 보도블록에

점점이 박힌 원형 조명이 그 길의 돌담을 은은하게 밝히고 있었다. 엄마는 경기전 둘레를 걸을 때면 조선 시대 대감이 된 기분으로 한껏 여유를 부린다고 했다.

"그러면 한 바퀴 도는 데 한 20분 걸려." 엄마가 말했다. "봐라, 여기 가로등도 청사초롱이라 곱지."

"그러게요, 잘해 놨네요." 대답하면서 경진은 한옥 마을 관광에 실망했다던 선배를 떠올렸다. 밤에 와 보라고 할걸. 미리 알았더라면 노점들이 문을 닫고 난 후에 밤 산책을 해 보라고 알려 주었을 텐데 하고 아쉬워하자 엄마는 밤에 하는 산책만 좋은 게 아니라고 짚어 주었다.

"누가 케이 팝 잘나가는 거 모를까 봐 낮에는 막 그냥 쿵짝쿵짝하잖아? 그러면 그 쿵짝쿵짝하는 데서 하나 더 안쪽 길로 들어가 보라고 해. 거기도 그러면 길 하나 더 들어가고. 그럼 언제 시끄러웠냐 싶게 조용할 테니까. 사람들이 다 가는 데만 가거든."

"그럼 낮에도 조용한 데가 나와요?"

"암만. 저기 뭐냐, 향교 근방에도 한옥 숙박들 많잖니. 거기 골목 사이사이 가 봐. 한낮에도 고즈넉하니 담벼락 앞에서 고양이들이 일광욕하고 그런다니까. 날 좋을 때는 아예 전주 천변 길을 걸어도 좋고. 치명자산도 시원하게 보이고 가을에는 물억새가 장관이지."

엄마는 향교 길에서 몇 번이나 마주친 고양이 두 마리에게 백미와 현미라는 별명도 붙여 주었다고 했다. 한 마리는 티끌 하나 없이 하얘서 백미, 다른 한 마리는 흐릿하게 노르스름해서 현미였다. 둘이 워낙 찰싹 붙어 있는 경우가 많다며 커플 같다는 게 엄마의 짐작이었다.

경기전을 한 바퀴 돌고 나서 모녀는 경기전 동문 매표소에서 최명희문학관 후문 방향으로 꺾어 들었다. 맞은편에서 걸어오는 외국인 여성 두 명이 전통 의상을 입고 있었는데 한 명은 내관들이 입던 청록색 관복 차림이었다. 사극에서 보았는지 두 팔을 앞으로 모은 채 종종걸음을 치는 몸가짐까지 제대로 연출하며 걸었다. 위아래로 검게 입은 다른 한 명은 걸음이 호방했다. 소맷부리와 허리띠에 금빛 포인트를 주고 같은 재질의 천을 이마에 두른 모습이 호위 무사를 연출한 듯했다. 두 사람과 스쳐 지나간 후에 엄마는 의상 조합이 희한하지 않았느냐고 경진의 의견을 물었다.

"여자 둘이서 내시랑 호위 무사잖아."

"백미랑 현미처럼. 둘도 커플인가 보죠."

경진이 심상하게 대꾸하자 엄마는 고개를 갸웃하며 "암튼 요새는 요지경 세상이야." 했지만 부정적이기보다는 흥미로워 하는 뉘앙스였다. "하기야 이 한옥 마을도 아주 요지경이잖아."

"한옥 마을에도 신기한 게 있어요?"

"아니 한옥 마을인데 입구에는 성당이 있잖아. 그 안에 보면 순교자 동상도 있어. 본 적 있지?"

"동상도 있었던가요?"

"거기 호랑가시나무 옆에 보면 있어. 순교라는 게 그거잖아. 조선에서 천주교 금지해 가지고 걸리면 목숨까지 가져간 거 아니니. 참수만 당한 게 아니라 얘, 능지처참을 당한 사람도 있댄다. 근데 전동 성당 바로 앞에는 또 경기전이 있잖아. 거기가 뭘 모신 덴 줄은 알지?"

"뭐였더라? 이성계 초상화요?"

"그래. 그 어진을 모시고, 실록도 거기 있고. 그런 건물 둘이 오순도순 딱 마주 보고 있잖아. 성당이랑 경기전이랑. 그 사잇길을 걷다가 보면 저기 또 농민혁명기념관이 나오잖아." 엄마가 검지를 들어 동학혁명기념관을 가리켰다. "이런 데가 또 어딨겠니? 재밌어 정말. 내가 한평생 전주 살면서도 이런 재미를 모르다가 커피 마시고 카페도 따라 다니고 그렇게 여유 부리면서 이런 재미를 다 알게 된 거야."

듣고 보니 신기하다고 경진은 맞장구를 쳤다. 사실 경진에게 가장 신기한 것은 따로 있었다. 엄마 입에서 '재미'라는 말이 연거푸 나오는 모습. 그야말로 전에는 한 번도 본 기억이 없는 신기한 일이었다. 경진은 산책을 하며 발견한 것을 더 들려 달라고 했다. 그리고 짐을 찾으러 가는 길에 지나가는 말처럼 질문을 던졌다.

"엄마, 어제부터 뭐에 씌었는지 사람들이 저한테 와서 막 묻지도 않은 별별 얘기를 다 해 주더라고요. 엄마는 저한테 뭐 하고 싶은 얘기 없어요?"

"하기야, 그때 얘기를 하기는 해야겠지." 엄마는 자못 진지한 얼굴이 되었다. "그래. 하는 게 좋겠다."

털어놓을 이야기가 있다고 한 후에 집까지 이동하고, 각자 씻고 나서 커피젤리가 든 병을 말끔히 비우기까지 엄마는 머뭇거리며 선뜻 이야기를 시작하지 않았다. 비로소 엄마 입에서 '우울증'이라는 단어가 나왔을 때 경진은 머릿속에 아무렇게나 조각 나 있던 기억의 파편들이 하나로 연결되는 느낌이었다. 재촉하지 않기를 잘했다는 안도감이 들었다.

"지금 생각해 보면, 엄마가 그때 우울증이었던 거 같아. 응, 확실해. 지나고 보니까 알겠더라."

"수술은 잘됐는데 병원에서 뭔가 일이 있었던 거죠? 언니가 그렇게 짐작하던데요."

엄마는 고개를 끄덕이며 그만한 수술을 하는데 그런 후폭풍이 있을 줄 짐작이나 했겠느냐고 말했다.

엄마는 만약을 위해 함께 계 모임을 같이 하는 지인에게 한번 들여다봐 달라고 부탁했을 뿐 수술 날짜를 잡고도 두 딸에게 알리지 않았다. 손가락 골절로 한 시간 남짓 수술을 받고 3일만 입원하면 되는 일정이었으니 가까이 살지도 않는 자식들까지 걱정시킬 필요가 있나 싶었다는 것이었다. 결국 수술을 마친 후에 입원 사실을 알게 된 언니는 역정을 냈다. 경진도 우리 엄마를 누가 말리나 싶어서 헛웃음이 나왔다. 하지만 엄마는 수술을 마친 날만 하더라도 두루두루 순조로웠다고 강변했다. 경과도 좋았고, 심지어 저녁에는 특식까지 곁들여 밥 한 그릇을 다 비웠다는 것이었다.

"그때도 꽃집 이모가 와 주셨다고 했죠? 그분이 그렇게 신경을 써 주셨어요?"

"아니, 그거는 송이 할머니라고 같은 병실을 쓰던 양반이 있는데, 그 양반 딸네가 포장해 온 거를 나눠 주더라고."

칠순이 가까웠던 어르신은 6인실 병상 중에 최고령이었다. 또랑또랑한 음성이 범상치 않은 기운을 내뿜는 분으로 다복한 집안의 여장부로 보였다고 엄마는 전했다. 점심 식사를 하며 영 입맛이 없다는 한마디에 그날 저녁에 딸이 자기 남편을 시켜서 간장과 양념 두 종류의 게장을 큼지막한 스티로폼 박스에 포장해서 대령하더라는 것이었다. "냄새만 풍기면 꼴사나우니까 이 방에 있는 다른 병자들한테도 싹 나눠 주고 와." 어르신의 농담 섞인 말에 딸도 예상한 바였다는 듯 "그러라고 할 줄 알고 넉넉히 사 왔어요." 하더니 깔끔하게 바른 게

장을 밥 위에도 얹어 주더라고 했다.

"그 집 사위도, 어디서 그런 사람을 얻었는지 자기 와이프 따라 다니면서 밥 비벼 드시게 청양고추 다진 것도 좀 얹어 드릴까요, 참기름 드릴까요 하면서 싹싹하게 돕더라고."

2인 1조처럼 기민하게 움직이는 두 사람을 보고 병실의 모두가 부러워했다. 둘은 식사 후에도 입가심하라며 배를 깎아 돌렸다. 유치원생으로 보이는 양갈래 머리의 손녀 송이는 또 얼마나 떼도 안 쓰고 처음 보는 어른들에게 인사를 잘하던지. 저 양반은 다 가졌구나, 세상에 누구도 부러울 사람이 없겠구나 싶더라고 했다.

"딸네만이 아니라 아들 며느리도 참하고 극진한 게 아주 왕비 마마 팔자가 따로 없다 싶었지. 그 양반이 수술하러 갔을 때 누가 분명히 알부자일 거라고 하더라. 그러니까 자식들이 저렇게 지극정성 아니겠냐고. 글쎄, 세상에 재산만 있으면 뭐 다 그런 대접 받니? 자기 복인 거지."

그렇다면 엄마를 우울함으로 잡아 끈 것은 주체 못할 만큼의 부러운 감정이었을까. 그러게 애초에 수술 소식을 알렸더라면 언니도 게장을 나눠 준 그 댁 따님 못지않게 정성을 쏟았을 텐데 하는 생각이 들었지만 자신은 그렇게까지 못했을 테니 경진은 잠자코 있었다. 그러나 이어진 이야기는 경진의 예상과는 전혀 다른 방향으로 흘렀다.

"그런데 그 양반이 수술을 하고 돌아와서 그 사달이 난 거야."

엄마는 물 잔을 들어 마른 입술을 적시고는 수술을 마친 후에 송이 할머니가 수술 전과 아예 다른 사람이 되어서 나왔다고 전했다.

멍한 모습으로 몇 시간이나 있을 때만 하더라도 전신 마취에서 깨는 데 좀 오래 걸리나 보다 싶어 걱정하던 사람들을 기함시킨 것은 해 질 무렵이었다고 엄마는 기억했다. 송이 할머니가 병실의 커튼을 가리키며 그 너머에서 누가 자신을 지켜보고 있다고 몸서리를 쳤다.

"무슨 소리야 엄마, 저기 뭐가 있다고."

딸이 아무리 진정시켜 보려고 해도 송이 할머니는 허공을 보고 안절부절못하며 몸을 떨었다. 급기야 딸이 커튼을 한쪽으로 젖히고 창문을 여닫으며 확인을 시켜 주었지만 아무 소용이 없었다. 그 밤, 새벽이 오도록 뒤척이며 벌떡벌떡 자리에서 일어나 침대 주변을 맴도는 통에 병실 안에 있던 모두가 잠을 설쳤다.

이튿날 송이 할머니는 1인실로 병실을 옮겼다. 담당 간호사는 수술 직후에 의식 혼란 증세를 보이는 '섬망'에 대해 간단히 설명했다. 큰 수술 후에, 특히 고령의 환자가 수술을 한 후에 종종 나타나는 일시적인 현상이니 크게 염려할 필요가 없으며 대체로 한두 주 지나면 회복될 것이라고 덧붙였다.

엄마는 그 '대체로'라는 말이 마음에 걸렸다. 검색을 해 보고서 간호사의 설명대로 대부분은 금방 회복하지만 경우에 따라서 몇 달씩 지속되는 경우도 있고, 치매와의 연관성에 대해서도 의견이 분분하다는 사실을 알게 되었다. 그 사실은 다른 사람에게 굳이 전할 필요가 없을 듯해 혼자만 알고 있었지만 병실 안 공기는 이미 쓸쓸한 두려움을 머금고 있었다. 뇌수술도 아닌데 수술 전에는 그토록 기백이 있던 분이 뭐에 쓰인 사람처럼 정신을 놓은 모습을 함께 목격한 것이다. 사람의 정신이 거짓말처럼 한순간에 흐려질 수 있다는 사실이 둔중한 충격으로 다가왔다. 곧 환갑을 넘길 자신에게도 언제 그와 같은 위기가 찾아올지 모른다는 두려움에 진땀이 나고 입맛까지 없어지더라고 엄마는 말했다.

"그때는 뭐 경황이 없어서 그랬겠지만 내가 느이 아빠 보내고 나서도 그렇게 겁나지는 않았지 싶어. 심장이 막 쿵쿵 쿵쿵 뛰는데 아이고, 그게 종일 가더라고. 다음 날 일어났는데도 그러더라고."

"언니가 그때쯤 전화를 했군요?" 경진의 질문에 엄마는 고개를 끄덕였다.

"그때 경희한테 뭐라고 했는지도 모르겠어. 막 횡설수설했겠지. 암튼 일단 와서 나 좀 퇴원시켜 달라고 했으니 걔 성격에 아유, 노발대발이었지. 무슨 수술을 자기한테 알리지도 않고 했느냐고."

급히 반차를 내고 병원으로 달려온 언니에게 담당 의사는 수술 부위에 아직 통증이 있을 거라며 하루쯤 더 입원해 있을 것을 권했지만 엄마의 의지는 강력했다. 혹시 다인실이 불편해서라면 1인실로 옮기자는 언니의 말도 들은 체하지 않고 엄마는 퇴원하겠다며 고집을 부렸다.

집으로 돌아와서도 뒤숭숭한 기분이 일거에 안정되지는 않더라고 엄마는 말했다. 죽도 몇 술 뜨지 못할 만큼 입맛이 없었고, 창문만 바라봐도 헛것을 보고 두려움에 떨던 송이 할머니의 모습이 생각나 착잡했다. 손을 편히 쓰지 못하니 평소 잡념을 떨쳐 낼 때 하던 대로 대청소를 벌일 수도 없었다. 무엇보다도 깊게 잠을 잘 수가 없었는데 그것은 둑이 터지듯 흘러 넘쳐 끝없이 증식되는 걱정의 타래 때문이었다.

가장 큰 걱정은 물론 몇 해 사이에 확연히 떨어진 체력과 건강에 대한 것이었다. 그러다 보면 지난해 당뇨 판정을 받은 작은오빠가 떠올랐고, 무릎이 성하지 않아서 계단을 오르내리는 게 무섭다는 큰언니에 대한 걱정도 따라붙었다. 줄줄이 형제자매들을 염려하다가 그들에게는 옆에서 돌봐 줄 짝이 있다 싶어 이내 홀로 지낼 노년의 세월이 서러웠는데, 울컥하는 감정은 곧잘 홀로 지내는 것은 경진도 마찬가지라는 생각으로 연결이 되더라는 것이었다. 타지에서 홀로, 가정을 꾸린 것도 아니고 안정된 일자리를 가진 것도 아닌 채로 얼마나 불안하고 힘이 들까 싶어서 바싹바싹 애가 타더라고 말하며 엄마는 물 잔을 들어 입술을 축였다.

"축 처져 있자니 종일 그냥 눈앞에 걱정거리가 둥둥 떠다니는 거야. 계속 보이는 거야. 아유, 그게 어떤 느낌인지 알려나 모르겠다."

"알죠."

경진이 동의했다. 그러면서 아마 자신이 엄마를 찾은 것은 그 서러움이 극에 달했을 때였으리라는 사실을 뒤늦게 깨달았다. 그때 경진은 엄마가 어떤 상태인지 제대로 알지 못한 채 전주에 도착했다. 그것도 떨떠름한 채로. 경진이 언니에게 들은 정보라고는 엄마가 가벼운 골절 수술을 했고, 경과는 괜찮다지만 병원에서 뭔가 진정이 힘들 만큼 놀랄 일이 있었던 모양이며, 자기가 주말에 다시 내려올 테니 목요일과 금요일 이틀만 좀 엄마 곁에서 돌봐 드리라는 것뿐이었다. 이틀만이라고 간단히 말하는 데서 경진은 기함했다. 저녁을 거르며 일하는 날이 부지기수건만 직장에 메어 있지 않다는 이유로 아무 때나 시간을 뺄 수 있는 줄 아나 싶어서 언짢았다. 엄마 걱정에 속이 타들어 가던 언니는 "작은 수술이라도 그렇지, 엄마가 수술을 하셨다는데 걱정부터 해야 될 것 아냐! 이틀이라고 이틀, 그다음엔 내가 다시 내려온다잖아!" 하면서 고함을 쳤다.

전후 사정을 모르는 채 전주에 온 경진은 한쪽 손에 깁스를 한 엄마가 평소보다 좀 멍해 보이면서도 짜증이 늘었다는 느낌밖에 받지 못했다. 첫째 날은 집 안의 커튼을 전부 떼 달라는 성화에 지금 그게 급하냐고 실랑이를 벌이느라 진을 뺐고, 이튿날은 입만 열면 "넌 언제까지 그러고 살래." 하는 힐난에 시달렸다. 엄마가 종일 같은 얘기를 반복하는 통에 경진은 미칠 지경이었다. 머리를 감기는 동안 더 이상 참지 못하고 샤워기를 바닥에 내동댕이치면서 제발 욕실에서 나갈 때까지만이라도 입을 다물라고 소리쳤지만 엄마의 기세는 꺾이지 않았다. 경진을 밀치더니 거품이 덜 씻긴 머리에 수건을 두르고 욕실 밖으로 나가 버렸다.

"내가 걱정을 안 하게 생겼어? 너 그 성질머리를 가지고 나 죽을 때까지 그렇게 혼자서 자리도 못 잡고 그러고 살래?"

어릴 때부터 두 딸에게 나처럼은 살지 말라고 강조하던 엄마가 돌연 입장을 바꾼 이유에 대해 비로소 알게 된 경진은 입맛이 썼다.

"그때 너 가고 경희도 가고서 실은 한 일곱 달쯤, 종일 그냥 누워 있다시피 했어."

엄마는 한평생 며칠만 빈둥거려 봤으면 좋겠다는 소망을

가지고 있었으나 꿈꾸던 시간과는 전혀 달랐다고 했다. 허망함을 깔고, 걱정을 베고, 서러움을 덮고 누운 것 같은 날들이 속절없이 이어졌다. 한 달에 한두 번 언니가 다니러 올 때만 애써 평소와 다름없는 척했을 뿐 무기력증에 빠져 있었다. 전화 통화도 겨우 몇 달에 한 번 하던, 그나마 통화하면 언성을 높이며 다투기 일쑤였던 경진은 짐작조차 못 한 상황이었다.

"계 모임에 반년 넘게 안 나가니까 하루는 꽃집 개가 찾아 왔더라고. 세상에나 누가 꽃집 주인 아니랄까 봐 기분 전환을 하라면서 샛노란 꽃까지 다발로 가지고 왔더라? 그러더니 인제 같이 성당 나가자고 안 할 테니 밥이나 먹으러 가자고 그러대. 나온 김에 산책도 하재고. 그렇게 몇 번 끌려다니다 보니까 솔직히 좋더라. 괜찮은 것도 같더라고. 계 모임에서 당일치기로 남원 다녀오자는 거 가 봤더니 한결 살겠는 거야. 그때부터 누가 어디 가자고 하면 다 따라 나갔어. 꽃집 개네 가족이 경주 가자면 가고, 언니네 부부가 단양 좋다고 해서 따라가고. 전에 나 학습지 선생 할 때 거기 센터장이 자기네 남편 회사 산악회에서 단풍놀이 간다고 깍두기로 가자는 거까지 따라갔다니까? 앞뒤 생각 않고 부지런히 돌아다녔어. 내가 그 덕에 산 거야."

내키는 대로 말하자면 경진은 진작 얘기를 하지 그랬느냐고 타박하고 싶었다. 나도 속상했지만 언니가 얼마나 엄마 걱정을 하는 줄 아느냐고 따져 묻고 싶었다. 하지만 요즘의 언니는 화법을 가다듬는 일에 한창이므로 언니 핑계를 대며 속엣말을 하는 것은 반칙이라는 생각이 들었다.

경진은 언니라면 이 순간 어떤 말을 건넬까 유추해 보았다. 그러자 떠오른 말들이 어찌나 낯선지 입을 열기에 앞서 한숨 같은 탄식이 먼저 나왔다.

"아유, 한숨 쉴 거 없어. 엄마 이제 말짱한데 뭘."

"그동안 엄마 눈에 저 사는 게 그렇게 심란해 보이나 싶었는데 설마 그런 사정이 있었는지는 제가 몰랐네요."

"내가 말을 안 했으니 모르지 뭐."

"지금이라도 얘기해 줘서 고마워요."

어색함에 경진은 고개까지 비스듬히 숙이고 말했다. 엄마는 경진의 손을 가볍게 쥐고는 "얘기해서 엄마도 속이 좀 시원해졌어." 하더니 하품을 했다. 반찬 가게 일을 마치고 저녁 모임에 갔다가 밤 산책을 다녀와서는 말 못 하던 사연까지 털어놓았으니 잠이 쏟아질 법도 했다. 경진도 오늘은 일찍 잠자리에 들 참이었다.

10대 때 쓰던 방에 눕기 전에 엄마 얘기를 듣는 동안 배터리가 방전된 휴대폰의 전원을 켰다. 부재중 통화와 새 메시지 알림이 보였다. 손끝을 떨며 급히 확인한 일이 무색하게 연락은 전부 언니에게서 온 것이었다.

너 뭔 일 있어? 내가 가잘 때는 버티더니 가서는 전화도 안 받고, 내가 속 터져서 못 살아 진짜.

최근 들어 고수하던 차분한 어투를 내려놓은 언니의 메시지에 경진은 키득댔다. 그러나 해미에게서는 여전히 답이 없어 웃음은 금세 공중으로 흩어졌다. 경진은 잠시 눈을 감고 별일 없으리라고 되뇌었다. 그러고는 정말 아무 일도 없었던 양 해미에게 다음 수업 일정에 대해 환기하는 메시지를 다시 한번 적어 보낸 후에 잠을 청했다.

월요일 아침에 경진을 깨운 것은 휴대폰의 메시지 알림음이었다.

우리 사이에 통성명은 필요 없을 것 같은데…….
라고 시작하는 메시지를 처음 읽었을 때만 하더라도 경진은 광고라고 확신하고 실망 속에 다시 잠을 청했다. 그로부터 한 시간 뒤 바지락죽을 맛보기 위해 아침상 앞에 앉았을 때도 메시지는 기억의 저편에 있었다. 따끈한 죽에 앞서 경진은 깍두기부터 입에 넣었다. 오랜만에 먹는 엄마표 깍두기의 맛이 어찌나 반가운지 그릇에 담긴 죽보다 더 많이 먹을 수도 있을 것만 같았다.

"죽 좋아하고 깍두기 좋아하고 그러는 거 보면 네가 입맛은 참 느이 아버지 판박이야." 경진 맞은편에 앉은 엄마가 혀를 찼다. "그래, 넌 너 하고 싶은 거 하면서 자유롭게 살아. 내가 널 봐서 뭐 하겠니. 부모가 평생 사네 못 사네 그러는 거 보고 자랐는데 무슨 결혼이 하고 싶고 애기를 낳고 싶겠어."

"엄마, 제가 전에도 말했지만 그런 이유만은 아니에요. 같은 환경에서 자랐는데 언니는 형부랑 사이만 좋잖아요. 그리고 제 친구 중에 은주 아시죠?"

"스튜어디스 친구?" 엄마가 되물었다.

"지금은 관두고 다른 일 해요. 암튼 걔네 집은 화목해서 아주 유복하게 자랐어요. 어릴 때 부모님이 싸우는 걸 본 기억이 없대요. 아버지는 보기 드물게 가정적이셨고요. 그런 은주도 애기 가질 계획이 없다니까요. 걔 그 문제 때문에 분위기 험악해져서 결혼도 어떻게 될지 모르는 상황이에요."

"참 요지경이야. 걔는 왜 그런다니?"

"사람이 다 다르니까요. 결혼이든 아이든 간절히 원하는 사람이 있으면 확고하게 그 반대인 사람도 있는 거라니까요 엄마. 세상에 저나 은주 같은 사람도 있는 게 자연스러운 거라고요."

경진은 죽을 마저 먹기 시작했다. 엄마의 개운치 않은 표정은 그게 자연스럽다고? 하며 묻는 듯했으나 전과 달리 설득과 회유를 위한 말을 쏟아내지는 않았다. 경진은 그 점에 안도했다.

"참, 언니한테 내년쯤 해외여행 가는 거 추진해 보라고 할게요. 1년 전부터 준비해야 되거든요. 엄마 좋아하는 특가로 비행기표 잡으려면."

"다 같이 설악산이나 가면 몰라도 그런 호강까지 하고 살아도 되는지 모르겠다……."

"가면 좋잖아요. 하룻밤 봐서는 다 못 하는 얘기도 더 하고. 다른 나라의 카페는 어떻게 생겼는지, 거기 커피 맛은 어떤지도 보셔야죠."

"몇 백은 들 텐데 돈 무서운 줄 모르고."

"언니가 엄마 해외여행 한번 못 시켜 드리면 가슴에 한이 맺힐 거래요."

"아이고, 무슨 한 맺힌다 협박까지 나오네…… 알았어, 최대한 전향적으로 생각해 볼게."

엄마는 출근 준비를 해야 한다며 자리를 피했다. 전향적이라니, 난데없이 문자를 읊으시는 것을 보니 반은 됐다 싶어 경진은 마음 편히 그릇을 비웠다. 그러다 마지막 남은 깍두기를 입에 넣으며 문득 석연치 않은 기분에 아침잠을 깨운 메시지를 다시 열어 보았다.

우리 사이에 통성명은 필요 없다는 장난스러운 첫 번째 메시지 아래로 이어진 메시지에서 고등학교 동창인 웅이 인사를 건네고 있었다. 그는 어제 오후 열린 플리마켓에 판매자로 참가한 지인을 도우러 나가 경진을 보았다고 했다. 카드 리더기가 읽히지 않아 잠깐 허둥지둥하는 사이에 시야에서 사라지더라며 자기가 부르는 소리를 못 들었느냐고 물었다.

"경진!" 하고 부르는 목소리를 들었지만 웅을 본 기억은 없었다. 다시 생각해 보니 경진은 학창 시절에 줄곧 '얼짱'이라고 불리던 웅의 얼굴 자체가 가물가물했다. 웅과는 고등학교 이삼 학년 내내 같은 반이었고, 그럭저럭 어울리던 친구였다. 20대 중반에는 그의 누나가 단편영화 연출을 하면서 제작비를 융통하느라 자취방이 사라졌다며 동창들의 집을 전전하기에 일주일간 재워 주기도 했다. 하지만 그 이후로는 서로 소식을 모르고 살았다. 경진이 동창 중에 꾸준히 연락하고 만나는 사람은 은주뿐이었다. 그럼에도 마치 어제 만난 사이처럼 전주에 온 김에 낮술이나 한잔하자며 메시지를 보내다니. 늘 반의 분위기를 주도하던 외향성이 하늘을 찌르는 성격은 여전하구나 싶어서 경진은 피식 웃음이 났다. 그러면서도 대뜸 만나기는 부담스러워 짐을 싸는데 이번에는 웅이 전화를 걸어왔다. 그는 경진에게 언제까지 전주에 있을 계획이냐고 물었다.

"아직 표는 안 끊었는데 오늘 갈 거야."

"잘됐네. 아직 안 간 거잖아. 표도 안 끊었고. 오랜만에 보는데 낮술이라도 한잔해야지."

"낮술은 핑계고 보나마나 너도 뭐 나한테 털어놓을 얘기가 있지? 그래서 그러지?"

"털어놓다니 뭘? 내가 너한테?"

짐을 챙기던 경진은 어제 산 엽서를 집어 들었다. 프레임 밖으로 비어져 나올 듯한 위용의 샛노란 은행나무가 다시금 시선을 끌었다.

"얼굴이나 볼 거면 향교로 오던가."

"아니, 죄송한데, 유생이세요? 가을도 아닌데 웬 향교?"

엽서를 보고 무심결에 꺼낸 이야기에 기막혀하는 웅의 반응에 경진은 외려 마음을 정했다. 가을이 아닌 지금은 조용하리라 짐작이 됐고 그렇다면 그야말로 산책에 적격이리라는 생각이 들었다.

"조용! 은행나무가 엄청나게 크지. 왜 향교 안에 이렇게 은행나무를 심었을까? 이유 알겠는 사람?"

초등학교 저학년으로 보이는 학생들이 향교 안쪽에 위치한 명륜당 건물 앞에 모여 있었는데 대체로 교사의 질문에는 관심이 없어 보였다. 하지만 스무 명 남짓한 인원 중에 마음대로 무리에서 이탈하거나 큰 소리로 잡담을 나누는 아이는 없었다. 거대한 은행나무 옆에 서서 반 아이들을 바라보는 교사는 185센티미터쯤 되는 거구에 호락호락하지 않은 인상이었다. 얼핏 베테랑 교사처럼 보이지만 아마 부임한 지 아직 얼마 되지 않은 사회 초년생일 거라고 경진은 짐작했다. "모르겠어? 힌트 원해?" 하고 되물으며 일일이 학생들의 반응을 살피는 모습을 보면 알 수 있었다. 결정적으로는 조용히 하라며 주의를 주는 모습을 보고 확신했다. 아이들을 가르치는 일을 업으로 삼고 몇 해만 지나도 조용히 하라는 말을 수천 번쯤 하게 되고, 숱한 반복은 필연적으로 권태감을 대동한다. 그런데 교사에게는 아직 그런 지겨운 기색이 보이지 않았다.

"힌트는 벌레야, 벌레."

그의 말이 끝나기 무섭게 아이들 사이에서 "벌레가 많아서요!" "벌레가 안 생겨서!" 하는 상반된 대답이 동시에 비어져 나왔다. 경진은 교사의 설명을 귀동냥하며 보호수라는 사실을 알리는 팻말에 시선을 던졌다. 엊그제 남산을 걸으며 본 은행나무들도 높게 뻗어 있었건만 눈앞에 우뚝 선 나무와는 비교도 안 될 듯했다. 보호수는 400년을 훌쩍 넘긴 수령에 높이가 32미터, 둘레가 6.6미터나 된다고 적혀 있었다.

"아까 선생님이 뭐라고 했어? 향교의 유생들은 여러분처럼 공부하는 학생이라고 했지. 학생들이 벌레가 안 생기는 은행나무처럼 건전하게 자라서 바른 사람이 되라는 의미로 은행나무를 심은 거야. 또 은행나무는 뭘로 유명할까? 장수. 장수가 무슨 뜻인지 알지? 아주 오래 산다는 뜻이야. 오래 살았으니까 나무가 엄청 크지?"

여러 번에 걸쳐서 커요, 커요 하고 반복하는 학생들을 진정시킨 후 교사는 향교 안에 이런 거목이 다섯 그루나 있다며 은행나무의 꽃말인 장수, 장엄, 진혼, 정숙의 의미를 다시 한번 설명했다. 그러고는 단체 사진을 찍겠다며 아이들을 두 줄로 세우고 배경이 된 은행나무를 최대한 프레임 안에 담기 위해서 쪼그려 앉아 구도를 잡았다. 학생들이 자리를 옮긴 뒤에 경진도 휴대폰을 꺼내 들었으나 아무리 기울여도 나무 전체를 한 프레임 안에 담을 수가 없었다. 엽서 속 은행나무의 위용은 과장이 아니었다. 수백 년의 세월을 버티며 살아남은 나무를 한눈에 담기 위해서는 수직으로 시야를 가르는 폭포 앞에 섰을 때처럼 한 발 더 물러나 고개를 젖혀야 했다.

향교 안을 한 바퀴 돌며 내부에 있다는 다섯 그루의 거목 중 네 번째 은행나무를 찾았을 때였다. 맞은편에서 걸어오는 남자가 경진을 향해 손을 흔들더니 모자를 벗어 보이며 "경진!" 하고 외쳤다.

"이게 얼마 만이야!" 웅이 함박웃음을 지었다. "근데 너, 어제는 눈앞에서 진짜 그냥 지나가더라. 모자가 내 작은 얼굴을 너무 가렸나?"

"모자 밖으로 나온 데가 변해서는 아니고?" 경진이 손등으로 턱선을 가리키며 되물었다. "옛날에는 턱에 직각으로 뭐가 좀 있었던 거 같은데 감쪽같이 없어졌다? 아저씨 그림체가 완전히 바뀌셨는데?"

"아, 가슴이 너무 아파." 웅이 심장을 부여잡는 시늉을 했다. "오랜만에 만나자마자 나잇살 가지고 까는 건 좀, 요즘 세상에 너무 언피시한 거 아니냐?"

"언피시?" 경진은 새어 나오는 웃음을 참을 수 없었다. "와, 그동안 세상이 확실히 발전했구나. 네 주둥이에서 언피시하다는 말이 다 나오고."

"아이, 말씀이 심하시네, 주둥이는 또 뭐야."

"네가 그 주둥이로, 고등학교 때, 날 뭐라고 불렀었냐고!"

"어깨장군." 웅이 방긋 웃더니 돌연 어깨를 들썩이며 숨을 몰아쉬었다. "어깨장군님! 적들의 동태가 심상치 않습니다!"

"시끄러. 내가 그때 티를 못 내서 그렇지 얼마나 치욕스러웠는 줄 알아? 너 턱 동그래진 거 그거 다 벌 받은 거야."

경진이 꾸짖었다.

"참나, 내가 더럽고 치사해서 다이어트한다."

"내일부터?"

경진이 되묻자 웅이 고개를 끄덕이더니 갈 만한 데가 많다며 얼른 나가자고 했다. 아침을 든든하게 먹은 경진은 아직 배가 고프지 않았고 향교 안을 좀 더 둘러보았으면 했다. 이곳은 꽃가루가 날리는 5월이 아니라 11월이 절경이라고 웅은 잘라 말했다.

"이게 지금 보면 그냥 덩치 큰 나무 같지만 11월에 노랗게 물들면 장난 아냐. 나무가 워낙 크고 잎이 무성하니까 바닥까지 선명하게 샛노란 색으로 쫙 깔리거든."

웅은 커플 사진을 위해 삼각대를 설치하는 사람들을 보며 요새는 향교에서 웨딩 촬영을 하는 사람도 많고 때로는 야외 결혼식이 열리기도 한다고 덧붙였다.

"맞아. 우리 조카도 여기서 결혼했어. 족두리 쓰고, 꽃가마 타고, 저짝서 나왔지."

연노랑 체크무늬의 벙거지 모자를 쓴 50대가량의 여성이 웅의 말에 맞장구를 치며 검지로 대성전 뒤편을 가리켰다. 살가운 어투로 "근사했겠네요." 하고 대꾸하는 웅을 보며 경진은 입 모양으로 아는 분이냐고 물었다. 웅이 싱긋 웃으며 고개를 저었다. 그럼 그렇지. 오늘도 이어지는가 보다 하고 받아들이며 경진은 여자의 이야기를 들었다. 여자는 이곳에서 결혼식을 치른 아이가 첫 조카여서 남달리 애착이 컸다고 했다. 간호사로 바삐 일하던 언니를 도우며 갓난아이 때부터 자주 돌보았던 터라 조카가 '엄마' 다음에 깨친 말이 '이모'였다고도 말했다. 그러던 조카가 30대가 돼서도 집에 남자를 한 명 인사시키는 일이 없더니 어느 날 결혼할 남자라며 라틴계 외국인을 데려왔다는 것이었다.

"처음에는 막 나라 이름도 영 어렵고 해서 낯설었는데 보다 보니까 아주 화통하고 밝더라고 남자가. 성격이 아주, 따봉이야. 우리 조카한테도 잘하고, 나한테도 볼 때마다 이모, 이모 그러고, 이 모자도 우리 조카사위가 선물해 준 거야."

여자는 조카의 첫딸이 조카 어릴 때 모습을 빼다 박아 눈에 넣어도 아프지 않을 만큼 예쁘다며 가족사진을 보여 주는 것으로 이야기를 마무리했다. 여인과 일별하고 향교 밖으로 나오면서 웅은 자신의 몇십 년 후 모습을 엿본 것 같다고 했다.

"나도 요새 누나네 쌍둥이 키우는 걸 돕고 있거든. 미운 네 살이 둘이나 되니까 어마어마해."

"네가?" 경진은 의아함을 감추지 못했다. "네가 애기들을 키운다고?"

사연이 길다는 웅의 말에 경진은 자연스럽게 수긍했다. 며칠간 있었던 일을 반추하면 외려 웅이 그간 별다른 변화 없이 무탈하게 지냈다는 이야기를 들으면 낯설 것 같았다. 다만 "낮술이나 한잔하면서 얘기를……"이라고 운을 떼기에 선을 그었다. 못해도 한 시간은 걸어야 속이 빌 것 같아 전주 천변 길 쪽으로 걸음을 옮겼다. 그러자 웅은 들를 데가 있다며 먼저 한벽당 방향으로 걷다가 천변 길로 내려가자고 했다.

경진은 한벽당을 조선 초기에 집현전 학자가 별장으로 지은 누각이라고 알고 있었다. 아마 조금 전에 본 학생들처럼 학창 시절에 선생님에게 들었을 텐데 지은 인물의 이름까지는 알지 못했다. 웅에게 물으니 그는 대로를 건너서 한벽당까지 가자는 게 아니라 이 길 끄트머리의 오모가리탕집 앞을 스치는 것이 목표라는 사실을 분명히 했다.

"너 빨리 소화되라고. 거기 근처만 가면 또 아밀라아제가 솟구치잖아?"

웅이 오른손을 들어 엄지와 검지로 소주잔을 쥐고 꺾는 시늉을 했지만 경진은 코웃음을 쳤다. 그러나 나란히 붙어서 활짝 문을 열어 놓고 영업하는 세 곳의 오모가리탕집 앞에 다다르자 민물매운탕에서 피어오르는 칼칼한 냄새와 압력밥솥에 새로 짓는 밥 냄새, 구수한 누룽지 냄새가 한데 섞여 후각을 자극하는 것을 막을 도리가 없었다. 입에 자연스레 침이 고였다. 마침 야외석에서 한 가족이 식사 중이었다. 평상 위에서 펄펄 끓는 깊은 뚝배기에 담긴 게 쏘가리인지 메기인지 내용물까지는 짐작할 수 없었지만, 민물 생선과 새우로 끓여 낸 매운탕 특유의 진한 국물 맛은 근처를 스치기만 해도 구체적으로 상상이 되었다.

그나저나 이곳의 야외석이 언제 이렇게 정비가 되었을까 싶어 경진은 옛 기억을 더듬었다. 야외석은 방갈로처럼 지붕을 씌운 균일한 크기의 평상이 열 채 넘게 일렬로 이어졌다. 경진이 어릴 적에는 나무 평상 위에 수양버들이 흐드러져 있었다. 그때 역시 큼지막한 뚝배기에서 지금 같은 국물의 맛과 향이 끓어올랐겠지만 어린 경진의 흥미를 끌지는 못했다. 지금도 또렷하게 남아 있는 기억은 어른들이 숭늉을 찾을 때 함께 나오던 누룽지에 환호하던 순간이었다. 압력 밥솥 크기 그대로 구워져 쟁반에 담겨 나오는 누룽지는 집에서 먹던 것보다 훨씬 먹음직스러웠다.

"우리 아빠가 생전에 여길 참 좋아해서 엄마 속 많이 썩였는데."

경진이 평상 너머로 내려다보이는 전주천에 시선을 던지며 말했다.

"너희 아버지도 미식가셨구나? 하여간에 전라도 양반들 못 말려. 우리 아버지도 심해. 그 방면으로." 웅이 대꾸했다. "우리 아버지는 성격이 급해서 심부름시킬 때 툭하면 '웅아, 거기 가서 그것 좀 가져와 보니라.' 그러거든. 황당하지? 아니, 도대체 뭘 가져오라는 건지 알려 주든가. 최소한 거기가 어딘지는 알려 주든가. 둘 중 하나는 해야 될 거 아니냐고. 그런 양반인데 어디 가서 뭐 먹자는 얘기 할 때 있잖아, 그럴 때는 사람이 그렇게 구체적일 수가 없어."

웅의 아버지는 특히 제철 별미를 챙기는 일에 열성이었다. 봄이면 휴일마다 쑥을 캐러 다니고, 후덥지근해질 때부터 찬바람 불 때까지 하루가 멀다 하고 막국수와 콩국수 맛집을 순례하며, 주꾸미와 꽃게에 알이 꽉 차는 시기에는 금요일 저녁마다 만사를 제쳐 두고 단골집으로 향한다고 했다. 가을이면 직접 감말랭이와 곶감을 만드는 일에 분주했으며, 김장 날이면 굴보쌈을 먹을 생각에 종일 콧노래를 부르면서 엄마의 심부름을 한다는 것이었다.

"특히 굴에 아주 환장하시거든. 구정 연휴에는 굴구이하고 굴떡국 먹으러 장흥까지 가잖아. 그래서 우리 집은 설에 명절 음식을 따로 안 해. 우리 엄마가 요즘은 김치 다 사 먹지 김장해서 먹는 집이 어딨냐고 지겨워하다가도 설 돼서 외식하고 온천까지 하고 올 때는 아빠랑 결혼하기를 잘했다고 한다니까."

웅은 숯불 화로에 둘러앉아 구워 먹는 석화가 가스 불로 굽는 것과는 확연히 다른 맛을 자랑하는 대신 그만큼 번거롭다고 강조했다.

경진은 신나서 설명하는 웅의 이야기를 들으며 우리 아빠 얘기는 그 방면이 아닌데 싶어서 습관적으로 고개만 끄덕였다. 경진의 아빠는 미식가와 거리가 멀었다. 그 연배의 전라도 어른들과 달리 간간한 음식을 즐기지도 않았으며 가리는 것도 많고 입도 짧았다. 뚝배기로 고아 내듯 진하게 끓인 민물 매운탕 같은 것은 아마 몇 수저 뜨지도 않았을 것이다.

아빠는 다만 얼른 취해 버리기를 좋아했다. 특히 집안 어른들과 함께하는 자리에서는 어김없이 과음했다. 언제 정신 차리고 제대로 가장 노릇 할 거냐는 힐난에도, 몇 해만 더 뒷 바라지를 해 줬어도 지금 이렇게 살 인재가 아니지 않느냐며 수재 소리 듣던 학창 시절을 소환하는 이야기에도 반응하지 않고 술잔만 비웠다. 그러니 아마 평상 위에 부드러운 그늘을 드리운 수양버들이나 아이들이 멱을 감는 전주천의 경치에는 관심도 없었을 것이다. 한낮부터 만취한 사람이 한둘쯤 있어 도 그럭저럭 녹아들 주변 풍경이 편했을 뿐이리라고 경진은 짐작했다.

웅이 매운탕집을 턱짓으로 가리키면서 "이 냄새를 맡았으 니까 분명히 그냥은 못 지나갈 텐데……?"하며 눈치를 살폈 지만 경진은 아직 아니라며 고개를 저었다. 그러고는 천변 산 책로로 향하는 내리막길로 걸음을 옮겼다. 그 길을 따라 오 분쯤 걷자 댕기 머리를 곱게 땋아 내린 규수가 즐길 법한 거 대한 나무 그네가 보였다.

"어깨장군, 정히 소화가 안 되시면 저기 그네를 좀 타시죠. 빡세게 한 10분 구르면 목이 말라서라도 한잔하고 싶어지실 겁니다."

"아니, 나야 오늘이 휴가 마지막 날이라지만 넌 월요일부터 뭘 그렇게 낮술에 집착하는데?"

"너도 쌍둥이 한번 키워 봐. 세상에 왜 미운 네 살이라는 말이 있는 줄 알아? 아직 밤 기저귀는 떼지 못하면서 말은 얼마나 쏟아 내는지? 내가 진짜 술이 포인트가 아니야. 어른들끼리 노는 자리가 얼마나 소중한 줄 모르지? 넌 몰라, 애기 안 키워 본 사람들은 절대 몰라, 이 속을."

호소하는 모양새를 보아하니 괜한 생색이 아니라 정말로 조카를 함께 키우나 보다 싶어 경진은 고개를 갸웃했다. 옹은 "도대체 밤 기저귀를 언제 떼려는지 이번 주만 하더라도 방수 요만 몇 장을 빨았게……?" 하고 목소리를 높이다가 그네 옆 벤치에 나란히 앉아 주변 풍광을 그리고 있는 소녀들과 눈이 마주치자 황급히 목소리를 죽였다.

천변 반대쪽을 잇는 징검다리 근방으로 물비늘이 이는 하천의 표면에 청둥오리 무리가 한가롭게 떠 있었다. 오리들은 이따금씩 먹이를 찾는 듯 머리를 물속에 박고 작은 발을 버둥거리다가 언제 그랬냐는 듯 제자리로 돌아왔다. 그 모습을 사진에 담고서 경진은 벤치에 걸터앉은 소녀들이 그리는 그림을 흘끔거렸다. 한 아이는 색연필로 주변 경치를 그리고 있었다. 반면 파스텔을 쥔 소녀의 그림은 근방의 모습과는 관계가 없어 보였다. 봄꽃처럼 화사한 색감이 스케치북 전반을 물들였지만 그 위를 누비는 인물들은 울음을 애써 삼키는 듯 잔뜩 일그러진 표정을 짓고 있었다.

경리단길에서 헤어진 서영의 가족은 그 뒤로 화해했을까

하는 생각이 스쳤다. 해미는 지금 어디에 있을까. 경진은 휴대폰을 꺼내 손에 쥐었다. 이제 해미에게 전화를 걸어 봐야 할 것 같았다. 그렇게 마음먹은 것만으로 심장박동이 빨라졌다. 그때 웅이 경진의 어깨를 건드리더니 대형 그네 주변을 둘러싼 한 무리의 남학생들을 가리켰다.

그네에 오른 학생은 덩치가 컸다. 남은 학생들이 어찌나 힘차게 미는지 왕복운동이 걷잡을 수 없이 거세지는 중이었다. 그네에 탄 학생은 비명을 질러 댔다. "작작하라고! 떨어진다고오!" 하는 절규에는 그러나 웃음이 섞여 있었다. 수학여행을 온 학생들인 모양이라는 웅의 말에 경진은 고개를 끄덕였다. 첫 번째 남학생이 내려오고 떠밀리듯 다음 차례로 그네에 오른 가장 왜소한 체격의 아이는 제대로 발을 구르기도 전에 내려 달라고 성화였다. 그러나 일행은 아랑곳하지 않고 있는 힘껏 그네를 밀었다.

"그렇게 인상 쓸 필요 없어." 웅이 경진의 어깨를 살짝 건드리며 말했다. "저건 괴롭히는 게 아니라 그냥 애들끼리 노는 거니까."

경진은 찝찝한 마음으로 웃음과 비명이 섞인 아우성을 뒤로하고 저만치 앞서 걷는 웅을 따라 발걸음을 옮겼다. 얼마 가지 않아서 한옥 마을과 서학동 예술 마을을 잇는 아치형 교량인 남천교가 가까워졌다.

남천교 위에도 쉼터 노릇을 하는 널찍한 누각이 자리하고 있었다. 누각의 이름은 '청연루'로 남천교 중앙의 2차선 도로를 사이에 둔 양편의 인도 중 왼쪽에 길게 뻗어 있었다. 신발을 벗고 청연루에 오르며 경진은 웃음이 났다. 오목대 근방에 있는 태조로 쉼터뿐 아니라 한옥 마을 주변으로 누각과 벤치 인심이 넉넉한 것은 알았지만 설마 돌다리 위에도 다리를 뻗고 쉬어 갈 공간이 마련돼 있을 줄이야. 팔작지붕 아래 반질반질한 마룻바닥에 앉아서 강바람을 쐬자니 휴대폰을 만지작거리는 동안 고조되던 긴장감도 누그러들었다.

"네가 무슨 생각 때문에 표정이 그런지 감이 오는데?" 웅이 씨익 웃으며 경진의 표정을 살폈다. "수학여행 온 애들 보니까 첫사랑 현수가 생각난 거 아냐? 진짜 찐사랑이었지. 그때 너 아니었으면 다들 걔 없어진 줄도 몰랐을걸?"

설마 그랬겠느냐고 대꾸하고 싶었지만 실은 그 말이 맞을지도 모른다는 생각이 들었다. 학기 초에 전학 온 현수는 반에서 어떤 무리와도 친하지 않았다. 달리 반에서 따돌림을 당하는 것은 아니었다. 만사에 소극적이고 학교생활에 흥미가 없어 보였을 뿐이었다. 곱상한 외모와 쾌활한 성격으로 반의 분위기를 주도하는 웅과 대척점에 있는 학급 구성원이었던 것이다.

경진은 당시에 반에서 단짝이었던 친구가 웅을 열렬히 따랐기 때문에 별수 없이 웅을 둘러싼 무리와 어울렸다. 웅이 어깨장군이라고 부르며 깔깔댈 때면 창피한 기분이 번지는 것을 막기 위해 더 큰 목소리로 "비켜, 어깨빵 맞기 전에." 하고 스스럼없이 대거리를 했다. 그러나 속으로는 웅의 넘치는 활력을 부담스러워하던 터였다. 그로 인해 아웃사이더를 자처하는 현수에게 엷은 호감을 느끼면서도 겉으로는 티를 내지 않았다. 웅이 눈치챘다 하면 삽시간에 별명이 하나 더 생길지 모른다는 직감이 들었다.

그런 웅의 요란함도 요긴할 때가 있다는 사실이 드러난 게 바로 수학여행 첫날이었다. 경진은 저녁 시간 내내 현수가 보이지 않는다는 사실을 알아챘지만 담임선생님에게 직접 고해야 하는지 판단이 서지 않아 차선책을 택했다. 웅 앞에서 그 사실을 흘리듯 이야기한 것이다. 그러자 금세 선생님들에게까지 전해졌고 결과적으로 현수는 세 시간 뒤에 담임선생님에게 잡혀 숙소로 돌아왔다.

그날 밤 경진을 놀라게 한 것은 현수가 돌아오기 직전에 웅이 보인 모습이었다. 현수가 도착하면 붙잡고 뭘 하다 왔느냐고 놀려 대리라 여겼던 예상은 보기 좋게 빗나갔다. 웅은 평소에 본 적 없는 진지한 표정으로 "소등! 소등! 일찍 자자!" 하며 숙소의 불을 끄고 다녔다. 기껏 술을 숨겨 왔더니 웬 날벼락이냐는 항의가 날아들어도 꿈쩍하지 않았다. "내일 마셔,

내일. 오늘은 그냥 현수 오기 전에 자는 척하자고!" 현수를 배려하는 그의 마음 씀씀이에 반 아이들도 못 이기는 척 따라주었다. 경진은 감동적이면서도 아리송한 기분에 현수를 놀리지 않은 이유를 물었다.

"진짜 쪽팔릴 만한 일은 안 놀리지. 그럼 장난이 장난이 아닌 게 되잖아."

웅은 당연하다는 듯 대답했다.

그로부터 몇 해 뒤에 웅이 누나로 인해 자취방을 잃는 곤란에 처했을 때 최선을 다해서 도울 마음이 생겼던 것은 그 수학여행에서 보여 준 웅의 모습 때문이었다. 경진은 당시에 함께 살던 은주에게 양해를 구하고 그를 일주일간이나 재워주었으며, 그달에 번 아르바이트비까지 몽땅 빌려주었다.

"네가 안 그래 보여도 되게 의리 있는 거 전부터 알고 있었어."

웅은 그렇게 말하며 울먹이기까지 했다. 마음고생을 한 탓에 안 그래도 날씬한 체형에 양 볼이 쑥 팬 것처럼 여위었던 10여 년 전과 삐딱하게 앉아 턱이 빠지도록 입을 벌리며 하품하는 지금의 모습이 좀처럼 겹쳐지지 않아서 경진은 새삼 세월의 간극을 느꼈다.

"현수도 그동안 엄청 바뀌었을까?"

경진이 혼잣말처럼 물었다.

"걔 너무 그대로던데?"

"어떻게 알아? 최근에 봤어?"

경진이 되묻자 웅은 "5분!" 하고 강조했다. 여기서 5분만 가면 남부시장 청년몰에 종종 들르는 칵테일 바가 있는데 낮부터 영업을 한다고 했다. 거기에 가서 천천히 얘기해 주겠다며 웅은 입맛을 다셨다.

"따로 메뉴판 없이 취향 따라 커스터마이징해서 칵테일 만들어 주는 데 있지? 그런 데가 보통 비싸잖아? 여기는 가격도 좋아, 그러니까 내가 쏠게."

"칵테일을 마시러 가자고? 우리 둘이? 너무 소름 끼치게 데이트 코스 같은데."

웅은 순수하게 놀고 싶은 자기 마음을 이렇게 몰라주느냐며 억울해했지만 아직 포기할 마음은 들지 않았는지 칵테일이 부담스러우면 근사한 브루어리 펍도 여러 곳 있다고 말했다. 경진은 웅의 간절한 눈빛에도 흔들림 없이 고개를 젓고는 자리에서 일어났다.

버드나무 가지에 왜가리 한 마리가 걸터앉아 우두커니 물가를 굽어보고 있었다. 유속이 느린 하천은 흐드러진 버드나무 이파리와 물억새 수풀에 싸여 있었다. 수면 위로 구름의 형태가 비쳐 보였다.

"한잔 사려거든 차나 사든가."

승암산 방향으로 날아오르는 왜가리를 바라보며 이르자 웅은 아무 카페에나 들어갈 수는 없다며 후보군을 댔다. 그의 입에서 한옥 고택을 재단장한 카페, 적산 가옥을 개조한 카페, 한옥과 적산 가옥이 섞인 카페, 전망이 좋은 카페 등 그럴싸하게 들리는 곳이 줄줄 나왔다.

"이렇게까지 나오는 걸 보면 정말 못 놀고 누나네 육아를 도왔나 보지?"

"야, 내가 진짜 울라면 운다. 울면 믿어 줄래?"

웅은 가슴이라도 칠 기세로 어깨를 늘어뜨리며 한숨을 내쉬었다.

은행로는 태조로와 열십자 모양으로 한옥 마을의 중앙을 교차했다. 은행로를 걷는 동안 웅은 쌍둥이들의 애창곡을 통해 육아 참여를 증명하겠다며 「뽀롱뽀롱 뽀로로」와 「엄마 까투리」의 주제곡을 부르기 시작했다. 다음은 「꼬마버스 타요」의 오프닝 곡 차례였다. 지겹도록 들은 세월을 증명이라도 하듯 감정을 배재한 채 두 배속으로 읊조리는 웅의 목소리는 상점에서 흘러나오는 댄스곡과 대조를 이루며 구슬픈 느낌마저 자아냈다. 경진이 이제 알았다고 말해도 웅은 아직 멀었다며 고개를 저었다. 그러곤 목적지인 다원으로 향하는 동안 극장판 오프닝 곡뿐 아니라 쌍둥이들이 가장 좋아하는 캐릭

터라는 정비사의 테마곡까지 완창했다.

다원에 들어섰을 때 고요함을 느낀 것은 웅이 입을 다물었기 때문만은 아니었다. 경진은 그 순간 어제 엄마가 강조하던 이야기를 실감했다. 골목 안쪽의 벽돌담을 따라 몇 걸음 들어왔을 뿐인데 시끌벅적한 유행가가 딴 세상 이야기처럼 멀어졌다. 석조 오브제에 담긴 맑은 물 위에 떠 있는 샛노란 꽃잎, 어쩐지 고산지대를 연상시키는 은은한 선율의 경음악이 두 사람을 맞이했다. 서까래 아래 자리한 큼지막한 통창은 창 너머 싱그러운 초록 잎들을 프레임처럼 잘라 보여 주었다.

웅은 차와 함께 나온 네모난 다식을 오독오독 씹으며 휴대폰을 뒤지더니 현수네 가족사진을 내밀었다. 현수네 가족이 지난가을에 웅의 누나가 운영하는 게스트 하우스에 묵었을 때 찍은 것으로, 웅이 예고했듯이 현수는 경진이 기억하는 모습에서 큰 변화가 없었다. 굳이 달라진 점을 찾자면 늘 무기력한 심드렁함이 고여 있는 듯하던 눈빛에 편안한 기색이 도는 것이었다. 한 손은 아내와 잡고 다른 팔로 어린 아들을 안은 그의 얼굴에 번진 미소를 보며 경진은 안심했다.

"얜 결혼 일찍 했나 보다."

"그런 편이지. 현수 대학 다시 갔잖아, 물리치료 쪽으로. 거기 나와서 취직하자마자 바로 했을걸. 제수씨가 태권도 사범님이야. 카리스마에 반했대."

웅은 보온병을 들어 다구에 다시 물을 채워 넣으면서 자기가 게스트 하우스에서 일한다고 했을 때 제일 먼저 찾아온 게 현수였다고 덧붙였다. 그러곤 웅의 주변을 맴돌며 함께 어울리던 몇몇 동창의 소식을 전했다. 경진으로서는 전부 처음 듣는 이야기였다.

"그럴 수밖에 없지. SNS도 안 하고, 동창들 결혼식에 오지도 않으니까. 너 도대체 대학 졸업하고 뭐 하고 살았냐?"

경진은 차를 한 모금 마셨다. 이름처럼 엷은 빛깔의 황차는 쓸쓸하거나 떫은맛이 도드라지지 않는 담백한 맛이 났다.

"그냥 뭐……. 신약 개발하는 연구소에서 모르모트 좀 들여다보다가, 그것도 좀 물려서 과학 철학을 좀 파 볼까, 앞으로 그거처럼 중요한 학문도 없을 텐데…… 그러면서 블로그 좀 굴렸더니 책을 내자 그러더라고. 그게 생각보다 좀 팔려서 여기저기 강연 다니며 애들도 가르치고……. 그러고 싶었는데." 경진이 씩 웃었다. "그건 우리 과에서 제일 잘나가는 선배 얘기고, 나도 뭐 애들한테 과학 수학 가르치면서 사는 건 맞아. 과외해."

"와, 낚였네. 책까지 냈는데 왜 몰랐나 했다." 웅이 경진을 흘겨보더니 다리가 저리다며 자세를 바꿔 앉았다. "너도 되게 뽀대 나는 걸 하고 싶었구나."

"글쎄, 막연하게 선배가 부러워 보이긴 했는데, 내가 20대

후반을 다 날린 건 취준 때문이었지 뭐. 이런 얘기 하기 뭣하지만 솔직히 나보다 더 공부 못하던 애들도 막 대리 달고 누구는 과장이라고 하니까 난 무조건 공기업을 뚫어야 된다는 생각밖에 안 들었어. 그 길밖에 없는 것 같더라고. 엄마도 기대하는 눈치고. 그래도 거기 집착하느라 한 세월 보내서 그런지 돈 버는 재미는 확 알겠더라. 작년까지만 해도 거의 쉬는 날 없이 수업 잡았어."

고개를 주억거리던 웅이 헛웃음을 짓더니 모 아니면 도로 확 기울어지는 마음, 그게 어떤 건지 자기도 아주 잘 안다고 했다.

"고딩 때 내 성적에 감히 예능 PD 하고 싶다고 깝쳤던 거 알지. 나 진짜 뭐가 됐든 뽀대 나는 일을 하고 싶었거든."

"사람들이 들으면 우와, 할 만한 거? 그래, 너 그런 면이 있었지."

"근데 내가 되고 싶은 건 다 학벌을 너무 보는 거야."

"현수처럼 학교라도 다시 들어가기엔 네가 노는 걸 너무 좋아하잖아."

"아이, 당연하지. 노는 게 제일 좋아. 뽀로로처럼."

웅은 그렇게 자신을 잘 알았기 때문에 원하는 직업상을 바꾸었다고 했다. 태그를 단다면 그전에는 #고스펙 #선망 직종이었던 것을 #트렌드를주도하는 #성장가능성 #스타트업으로 바꾼 것이다. 물론 다섯 곳의 스타트업 기업을 거치는 동안 실제로 웅이 꿈꾸던 이상에 부합하는 업무와 환경이 주어진 곳은 단 한 곳뿐이었다. 강남권 직장인들을 타깃으로 비건 옵션에 할랄 푸드 옵션까지 선택할 수 있는 도시락 배달 서비스 업체에서 일하던 그때 정작 웅은 야근과 스트레스에 생활 리듬이 엉망으로 깨진 채 두통약을 달고 살았다. 20대에서 30대가 되는 동안, 자신감의 원천이었던 날렵한 턱선이 감쪽같이 사라지는 동안 변하지 않은 것은 취준생 시절부터 사귀던 여자 친구뿐이었다고 웅은 말했다.

"그럼 전주에도 같이 온 거야?"

웅은 고개를 저었다.

"차이고 내려온 거지."

그렇다면 굳이 묻지 않아도 어떻게 차였는지에 대한 사연이 나올 차례라는 예감에 경진도 채비를 했다. 찻잔을 새로 채우고 저려 오기 시작하는 발을 뻗어 앉은 자세를 바꿨다.

"노력을 했다 하면 끝장을 보는 타입 있지? 걔가 그런 사람이었어. 그러면서도 틈만 나면 자기 개발 한다고 동동거리면서 뭐 하나라도 더 배우려 들고, 그렇게 못 하면 막 죄책감 느끼고 그런 사람. 자기 말로는 대구에서 삼 남매 중에 장녀로 태어나 봐라, 내 성격이 내 맘대로 안 되는 게 뭔지 알 거다 그러던데."

작은 영화사의 직원이었던 그녀를 웅은 처음에 친누나의 지인으로 알게 되었다. 솔직히 말해 첫인상은 세상에 우리 누나만큼 꾸미는 데 관심 없는 여자가 한 명 더 있구나 하는 충격이었다고 웅은 말했다. 그러던 어느 날 프로듀서가 되려면 사람들을 확 후려잡을 줄도 알아야 되는데 난 답이 없는 것 같다고 풀 죽어 있는 게 딱해 보이기에 그냥 지나칠 수가 없더라고 했다.

"뭐 맞는 말인데, 영화는 하루 이틀 작업하는 게 아니잖아. 카리스마가 얼마나 부담스러워, 오래 볼 사이는 편해야지. 그래야 진짜 큰 프로젝트를 같이하지."

그랬더니 무뚝뚝하던 얼굴에 말할 수 없이 부드러운 미소가 번지더라는 것이었다. 말도 안 돼, 이상형이랑 정반대인데 하면서도 자꾸 그 미소가 떠오르던 때가 엊그제 같다고 말하며 웅은 찻잔을 들어 목을 축였다.

그날의 설렘은 금세 빛이 바랬지만 첫 취업에 성공하고 다섯 곳의 직장을 전전하는 동안 그녀는 웅이 의지하고 기댈 수 있는 유일한 사람이었다. 웅은 틈만 나면 자신이 감내하고 있는 것과 견딜 수 없는 것에 대해, 잃어버린 것에 대해, 그럼에도 끝내 이루고 싶은 것에 대해 토로했다. 비록 다정한 어투는 아니었더라도 처음에는 일일이 맞장구를 치며 때로 함께 눈물까지 흘려 주던 그녀의 반응이 점점 흐릿해졌지만 멈출 수가 없었다. 가끔씩 도저히 참지 못하겠다는 듯 호통을 쳤지만 대체로 차분하고 의젓한 모습을 보여 주던 연인이었으므로 웅은 이별의 순간이 다가오기까지 자기 얘기를 털어놓기에 여념이 없었다.

"그랬더니 죽을 먹다가 말고 헤어지자 그러더라고."

웅이 기운 없이 피식거리며 말했다.

"죽을 먹고 있었다는 건, 너 인마, 혹시 여친이 아플 때도 징징거린 거야?"

경진이 되물었다.

"그렇지. 몸살 났다고 그래서 야근하고 오는 길에 내가 죽을 사다 줬거든."

죽을 뜰 힘도 없다더니 식탁 앞에 앉아서 숟가락을 들기에 마주 앉아서 그날 있었던 일을 얘기한다는 게 늘 반복하던 회사 욕이었던 모양이라고 웅은 말했다. 사실 그날 무슨 얘기를 했는지 잘 기억나지 않는 모양이었다. 그러나 그녀가 쥐고 있던 숟가락을 내던질 듯이 세게 내려놓더니 "니 쫌! 고마해라!"라고 평소에 쓰지 않던 사투리로 언성을 높이던 순간은 여전히 생생하다고 했다.

"니 질질 짜는 소리 듣다가 내가 화딱지 나서 디지겠다!"

설마, 내가 이 여자한테 반했을까 의심했던 시작처럼 설마 이렇게 끝일 리가 하며 6년 연애가 한순간에 막을 내렸다. 불

평불만을 들어 주고 무뚝뚝하나마 위로의 말을 건네던 연인
이 사라지자 생활은 더욱 무절제해졌다. 고려해 봄 직한 이직
의 기회마저 허무하게 날려 버렸다. 일상생활을 해칠 만큼 편
두통이 심해졌지만 어떤 병원에서도 원인을 찾지 못했다.

남편과 합의이혼에 이른 누나가 전주에 와서 게스트 하우
스 운영과 쌍둥이 건사를 도와주었으면 청한 게 그즈음이라
고 했다. 실은 웅이 처음부터 흔쾌히 응했던 것은 아니었다.
주중에는 아이들을 본인이 맡을 테니 공무원 시험이든 뭐든
원하는 걸 공부하면서 주말에만 도우면 어떻겠냐는 어머니의
중재안을 덥석 문 것이었다. 다만 웅이 계산에 넣지 못한 것
은 어머니의 체력이었다.

"내가 내려온 지 두 달도 안 돼서 디스크 수술을 하셨거든.
그때부터 게스트 하우스가 제일 한가한 월요일 하루 쉬고 차
출되는데, 한동안은 완전 덤탱이 썼다 싶었어."

그로부터 사계절이 지난 지금 웅은 현재 생활에 만족한다
고 했다. 종일 컴퓨터 화면을 들여다보거나 끝없는 접대 자리
에 불려 나가는 일보다는 게스트 하우스 운영이 적성에 맞았
다. 원인 불명으로 지속되던 편두통도 사라졌고, 조카들을 키
우며 돌봄 노동의 숭고한 가치에 대해서도 알게 되었다며 너
스레를 떨었다. "전에는 이런 데가 있는 줄도 몰랐고." 다원을
나서면서 웅이 덧붙였다. 관광객들의 질문에 응대하다 보니 나

고 자랐던 전주에 대해서 제대로 알아 가는 것 같다고 했다.

다원에서 나오자 기다렸다는 듯 유행가 비트가 귓가에 달라붙었다. 그 순간에는 경진도 다시금 한옥 마을의 변화를 떨떠름해하던 선배의 심정을 이해했다. 웅은 다시는 전주에 여행 오고 싶지 않다는 얘기를 면전에서 들은 적도 여러 번이라고 말했다. 비교적 적성에 맞는다고는 하지만 사람들을 상대하는 일이 만만치 않구나 하고 경진은 생각했다.

"그럴 땐 뭐라고 해?"

"엄청 장사 잘되는 가게에 잘못 걸려서 불친절을 겪고 그러는 거면 간단해. 불친절은 친절로 씻는 수밖에 없거든. 그래서 나라도, 한마디라도 더 친절하게 응대하려고 하지."

게스트 하우스를 찾은 관광객이 묻는 것 중에 웅이 가장 대답하기 어려운 경우는 인터넷 맛집 정보를 좇아 방문한 음식점이 마음에 들지 않았다며 다짜고짜 "거기는 도대체 왜 유명한 거예요?"라고 따지듯이 하는 질문이라고 했다. 관광객이 의구심을 느낄 만한 곳은 그 지역 토박이야말로 백발백중 어째서 유명한지 의아하게 여기는 곳이기 때문이다. 말장난 같지만 어떤 곳은 그저 유명해서 인기가 있고, 인기 덕분에 유명세를 잃지 않는다. 인기 몰이의 시작이 방송 출연인지, 바이럴 마케팅이나 사진발인지 거기까지 알 도리는 없다. 물량공세가 효과를 본 경우가 있는가 하면 단지 운이 좋은 곳도 있을 터라고 추측해 볼 뿐이었다.

어쨌든 한 해 동안 수많은 관광객을 접하며 웅은 낯선 동네나 지역에서 식사하기 위해 검색을 할 때만큼은 한 가지 확고한 기준을 가지게 됐다. 최소한 '객리단길 맛집' 식으로 장소 뒤에 '맛집'을 적어 검색하지는 않게 된 것이다. 검색을 한다면 최소한 맛집의 자리에 원하는 메뉴를 넣는다. 후보지를 두 곳쯤 정한 뒤에 주변을 둘러보는 방법이 가장 효과적이다. 거리를 찬찬히 살피다 보면 미리 조사해 둔 곳보다 끌리는 곳이 나타날 때가 있다. "두 시간씩 대기해야 하는 전국구 맛집 맞은편에 메뉴는 똑같은데 곧바로 들어갈 수 있는 로컬 맛집을 발견할 때의 그 기쁨!" 웅이 목소리를 높였다. 물론 그러다 보기 좋게 실패하는 경우도 생기지만, 그러다 보면 맛있는 과일을 고르는 방법을 익히듯이 로컬 맛집을 보는 안목도 늘지 않겠냐는 것이었다. 안목은 길러 두면 다른 지역이나 외국 여행을 갈 때 요긴하게 쓰이기도 하고 말이다.

그쯤 되었을 때 경진은 비로소 출출함을 느꼈다. 끼니를 제대로 챙기고 싶다기보다 가볍게 배를 채우면서 목을 축이고 싶은 기분이었다. 웅은 "우리 고객님 니즈에 맞는 솔루션이 길 건너에 딱 있지. 가맥집 가자." 하며 은행로 끝자락 맞은편에 위치한 동부시장 근방을 가리켰다.

그냥 집에 돌아가기 아쉬운 날 편의점 앞 파라솔에서 간단히 캔 맥주를 마시는 '편맥' 문화의 원조 격인 '가맥'. 동네 슈퍼 등지의 가게 한편에서 간단히 맥주를 마시고 간다 하여 '가게 맥주'를 줄여 말하던 '가맥'은 수십 년간 이어지면서 범위가 퍽 확장됐다. 실상 요즘은 낮에는 슈퍼이다가 밤에는 맥줏집으로 그 정체성을 유지하며 영업하는 곳은 찾아보기 힘들어졌다고 웅은 말했다. □□편의점, △△슈퍼 같은 이름과 매장 한편에 과자나 컵라면을 비치해 두는 식으로 흔적이 남아 있을 뿐이었다. 사실 웅이 중요시하는 지점은 따로 있었다. 슈퍼에서 살 때처럼 저렴한 맥줏값, 인테리어와 안주에서 느껴지는 특유의 단출함이야말로 포인트라고 웅은 강조했다.

공들여 구운 마른안주에 계란말이 정도로 기껏해야 다섯 개 남짓한 안주 구성. 그로 인해 부어라 마셔라 술을 들이붓는 사람이 막되어 보이는 곳. 한두 병씩 마신 후에 미련 없이 툭툭 털고 일어나는 게 어울리는 분위기야말로 나름의 멋이라는 것이었다.

"그럼 네 말대로 거리 느낌을 보면서 어디에 들어갈지 골라 보자."

두 사람은 오후 시간이건만 이미 줄이 늘어선 곳을 후보에서 제외했다. 대여섯 곳을 둘러본 뒤에 경진이 마음에 든 곳을 가리키자 웅은 난색을 표했다.

"아이, 이런 덴 진짜 가맥집이 아니지."

예상대로 탐탁지 않아 하는 웅의 반응에도 아랑곳하지 않고 경진은 '가맥 몽중인'의 유리문을 밀었다. 술 한잔을 끈질기게 권했던 웅은 못내 따라 들어와서도 도무지 신뢰가 가지 않는다고 중얼거렸다.

"여기도 맥주랑 황태는 있잖아. 좀 이국적이긴 하지만 가뿐해 보이고."

"황태가 다 같은 황태가 아니라네." 웅은 진지했다. "연탄불에 직화로 굽는 거랑 아닌 건 차원이 달라. 소스도 그게 그냥 간장에 마요네즈랑 청양고추 섞는다고 다 그 맛이 나는 게 아니라고."

웅이 최고로 친다는 초원 편의점의 두 가지 소스에 대해 열변을 토하는 동안 경진은 가게 안을 둘러보았다. 카운터 안팎을 비추는 네온 불빛이며 비단 잉어가 연꽃 사이를 누비는 동양화 포스터를 곳곳에 배치해 나른한 듯 신비로운 느낌을 주는 매장 내부는 을지로 어딘가에서 보았음 직한 느낌이 났다. 인테리어의 근원을 좀 더 따지고 올라간다면 대여점에서 비디오 테이프를 빌려 보던 시절의 홍콩 영화에 닿으리라고 경진은 생각했다. 그러한 콘셉트는 몽중인이라는 상호명과 인테리어만 아니라 메뉴에도 반영돼 있었다. 병맥주가 가득 든 냉장고 옆에 붙은 메뉴판에 가맥집에서 주로 다루는 황태를 비롯한 마른안주 외에 에그누들볶음면과 중식바지락볶음이 나란히 적혀 있었다.

그런가 하면 카운터 옆에 놓인 삼단 목재 장식장은 경진으로 하여금 홍콩 영화 중에서도 특정한 작품을 떠올리게 만들었다. 스낵 과자의 알록달록한 포장이 전면에 보이도록 진열한 장식장의 맨 아래 칸에 줄지어 늘어선 파인애플 통조림을 보는 순간 머릿속에서 어느 영화 속 장면이 자동으로 재생되었다. 파인애플을 좋아하던 연인과 헤어진 남자가 칵테일바에서 처음 보는 여자에게 파인애플을 좋아하느냐는 질문을 4개 국어로 던지는 장면이었다.

10대 시절에 본 영화라서 등장인물의 이름은 잊었지만 남자 배우가 금성무였다는 사실은 또렷했다. 앳된 티가 남아 있던 금성무를 귀찮아하던 임청하의 얼굴을 가리던 큼지막한 선글라스와 금발 가발도 기억에 선했다. 삽입곡이었던 「캘리포니아 드리밍」이 귓가를 맴돌았다. 하지만 사자성어처럼 네 글자로 떨어지는 영화 제목은 도무지 기억이 나지 않았다.

"뭐 여긴 영업을 하긴 하는 건가?" 하고 웅이 카운터 너머 주방 쪽을 흘끔거렸다. 그제야 손님이 든 사실을 알아챈 듯 점원이 등장하기 앞서 "어서 오세요!" 하는 인사말이 한 박자 먼저 들렸다. 곧이어 두 사람 앞으로 달려 나온 점원은 화장기 없는 말간 얼굴에 머리칼을 숏컷으로 산뜻하게 다듬은 모습이었다. 노란색 반팔 셔츠 밖으로 드러난 하얀 팔은 가녀리다 못해 파리해 보였다.

"술하고 과자, 통조림은 직접 꺼내서 드시면 되고요, 그 외에는 저한테 주문해 주세요. 저희 집은 황태구이도 좋지만 볶음 종류가 진짜 맛있어요."

경진이 황태구이와 조개볶음을 달라고 말하자 웅이 "혹시 고수 들어가면 따로 빼 주세요. 제가 진짜 다 잘 먹는데 그것만 못 먹어서요." 하고 덧붙였다. 어딘지 모르게 애교 섞인 어투였다. 점원이 주방 안으로 들어가고 나서 아니나 다를까 웅이 "귀엽다. 그치?" 하고 소곤거렸다.

"저기요, 아저씨 입술이 보라색이에요."

"퍼플 립으로는 칭찬도 못 하나?"

"주접은 떨지 말라고. 우리보다 열 살은 어려 보이는데." 경진이 엄히 일렀다.

"아이, 그냥 귀엽다고." 웅이 한숨을 쉬었다. "나도 얼짱이라 불리던 리즈 시절이 있었는데."

경진은 맥주나 가져오라는 의미를 담아 냉장고를 가리켰다. 그러곤 스낵 과자를 훑어본 뒤에 파인애플 통조림과 포크를 들고 왔다. 웅은 경진에게 포크를 건네받더니 턱을 괴고 나직한 목소리로 읊조렸다.

"기억이 통조림에 들어 있다면 영원하면 좋겠다. 기한을 꼭 적어야 한다면 1만 년 후로 해야지."

"그래, 그 영화! 넌 제목 기억하지?"

"왕가위 감독, 「중경삼림」."

웅이 경진의 잔을 채우며 대꾸하자 단번에 궁금증이 해결된 경진이 개운하게 잔을 비웠다.

"이제 속이 시원하네."

"진작 이 퍼플 립한테 여쭤봤어야지. 그게 청하 누님 마지막 작품이거든. 내가 우리 누나 따라 영화 본 바이브가 있어서 그 시절 영화는 좀 알잖아."

웅이 경진의 잔을 새로 채웠다. 장난스럽게 폼을 잡고 말했지만 학창 시절에도 웅은 시네필적인 면모가 있었다. 경진은 웅에게서 코엔 형제의 이름을 처음으로 들었고, 선댄스 영화제의 수상작을 추천받기도 했다. 누나 것이기는 했지만 영화의 사운드 트랙 시디를 빌린 적도 여러 번이었다.

"그럼 넌 그때도 「중경삼림」에 나오는 유통기한이 임박한 통조림, 그게 뭘 의미하는지 알고 봤겠네? 좋겠다. 난 그게 뭘 뜻하는지 그땐 전혀 몰랐거든."

"유통기한의 의미?" 웅은 기지개를 켜는 동시에 하품을 하더니 되물었다. "사랑의 유통기한 아니었어? 전 여친 기다리는 마지노선으로. 뭐 다른 의미가 있어?"

웅의 얼굴에 번지던 의아함은 황태구이를 가져오는 점원과 눈이 마주친 순간 휘발된 양 미소로 바뀌었다. 바삭하다 못

해 겉면이 과자처럼 포슬포슬 부서지는 황태를 찢으면서도 오랜만에 먹는다며 싱글벙글이던 그가 얼굴을 찌푸린 것은 조개볶음 접시에서 국물을 떠 입안에 넣었을 때였다. 따로 달라고 요청했던 고수가 들어가 있었던 것이다.

"깜빡하셨나 봐. 난 그냥 황태랑만 마셔야겠다."

웅이 급히 맥주잔을 쥐며 말했다.

점원이 실수를 알아챈 것은 그로부터 몇 분 뒤였다. 그녀는 고개를 숙이고 사과의 말을 건넨 뒤에 곧 새로 만들어 오겠다고 말했다. 웅은 괜찮다며 만류했으나 그럴수록 거듭 사과를 해서 결국에는 받아들이게 됐다. 새로 만든 요리는 주방 안쪽에서 중년의 사장이 직접 가지고 나왔다. 둥근 얼굴에 살짝 처진 눈매가 너구리나 판다를 연상시키며 푸근한 인상을 주는 그는 음식이 잘못 나간 게 온전히 자기 탓이라고 했다.

"딸애는 제대로 들었는데 제가 포장 주문 들어온 것하고 착각을 해서요. 죄송합니다."

"정말 괜찮습니다 사장님." 웅이 예의를 차렸다. "그런데 가맥집에서 테이크아웃도 하세요?"

웅의 질문에 그는 "그게 그럴 사연이 있어요." 하며 잠시 생각에 잠기더니 입을 열었다. 부녀가 거듭 사과를 해서 부담스러웠던 경진은 사장이 이야기를 시작하자 오히려 마음이 편해졌다.

돌아보면 그의 인생에서 가장 힘들었던 시기는 1980년대 후반에 사랑하던 아내를 여의고 어린 딸과 둘이 남았을 때라고 했다. 한동안은 눈이 마주치는 사람마다 산 사람은 살아야 한다며 어린 자식을 생각하라는 말을 하더라고 했다. 힘내라는 말을 들을 때마다 힘이 나면야 좋겠지만 어디 사람 마음이 그렇게 쉽냐고 그는 반문했다. 빤한 위로의 말이 흩날리지 않는 곳으로 사라지고 싶은 심정을 억누르며 파인 마음을 추스를 겨를도 없이 밤낮으로 일해야 했다. 그의 직장이던 중식당은 동네에서 가장 이른 시간부터 영업을 시작해 밤늦게까지 회식 손님들을 받는 곳이었다.

그곳에서 독립해 나올 결심을 하게 된 계기는 지인의 동업 제안이었다. 외국에서는 중식을 배달하기보다 육면체 종이 용기에 포장해 가는 형태가 더 많다며 젊은이들을 타깃으로 업장을 꾸려 보자는 것이었다. 대학생이 많은 거리에 위치한 매장은 작지만 청결하고 훤했다. 모든 면에서 전에 일하던 곳과는 달랐던 나날이었다. 무엇보다도 오너 셰프로 직접 매장을 운영하는 재미가 쏠쏠했다고 그는 말했다.

"점심에, 저녁에, 아무래도 학생들이라 야식도 많이 찾아서 생각보다 단골이 금방 생겼어요. 그랬더니 건물주가 안면 몰수하고 나가라는 거예요. 남도 아니고 동업하는 친구의 친척 형이었는데 그러더라고요. 세 절대 안 올린다는 약속을 철석같이 믿고 우리가 인테리어를 새로 다 하고 들어갔는데 말이지요. 지저분하던 식당을 완전히 딴 가게를 만들어 놨는데. 그거 돈이 솔찬히 들어요. 가게 근처로 두 가족이 이사까지 왔는데 그렇게 뒤통수를 치더라고요."

그때는 주변에서도 빤한 위로의 말조차 건네는 사람이 없더라고 했다. 건물주가 힘으로 밀어붙이면 누구도 못 당한다며 혀만 차더라는 것이었다. 그는 다시금 세상에서 사라져 버리고픈 심정이었다.

"그 사람들이 박정해서 그런 게 아니라 그땐 법이 그랬다니까요. 상가는 정말 보호받기가 힘들었어요. 아무리 그래도 빈손으로 쫓겨날 수가 있나요. 두 가족이 가진 게 가게 매장 하난데, 내가 우리 딸한테 물려줄 게 그거밖에 없는데. 아주 죽기 살기로 싸웠죠. 그때 고생한 거는 말로 다 못 해요. 단골이었던 대학생들이 그래도 힘이 많이 돼 줘서 견뎠지요. 그러니 이 동네 온다고 포장되냐고 하면 해 줘야죠. 제가 거기에 너무 신경을 쓰느라고 여기다가 고수를 넣어 버렸네요. 죄송합니다."

사장이 다시 고개를 숙이자 경진이 괜찮다며 손을 저었다.

"여기 요리도 맛있고, 콘셉트도 확실하고, 황태도 초원 편의점 못지않은 거 같아요. 이제 잘되실 거예요."

때마침 포장된 요리를 찾으러 온 손님이 가게 안으로 들어와 사장 부녀는 그쪽으로 향했다. 손님이 싹싹한 음성으로 "이 집 따님은 어째 그새 더 마르셨네." 하며 인사를 건네자 딸은 "아니에요! 아빠가 헬스 끊어 줘서 안 빠지고 매주 운동도 나가는데요?" 하며 역기를 드는 동작을 해 보였다.

웅은 그 모습을 흘깃거리다 얼떨떨함이 가시지 않은 얼굴로 경진을 바라보았다.

"너 옛날에도 이렇게 사람들 얘기를 잘 들어 줬던가?"

"아니야. 잔이나 채워." 경진이 술잔을 내밀었다. "요새 내가 뭐에 좀 씌어서 그래."

웅이 고개를 주억거렸다.

"그럼 너도 현수가 사실 현수 형이었다는 거 모르고 있겠네?"

"그게 무슨 소리야? 현수가 1년 꿇기라도 했다는 거야?"

"웅. 학폭 때문에 그랬대. 나도 작년에 만나서 들었어."

"현수가?"

놀란 경진이 잔까지 내려놓으며 되묻자 웅은 "가해자 쪽이 아니라 피해자 쪽." 하고 덧붙였다. 현수는 고등학교에 입학하자마자 같은 반 학생이 휘두른 폭력에 1년 가까이 시달렸다. 그러나 가해자들은 며칠간 근신 처분밖에 받지 않아 더욱 기세가 등등해졌고, 견디지 못한 현수가 학교를 쉬다가 지역을 옮겨서 전학을 오게 되었다더라고 웅은 전했다.

"근데 그걸 우리는 몰랐는데 우리 한 학년 선배 중에, 아니지, 선배는 무슨. 그 규철이 그 새끼 일당 기억나?"

"당연하지. 걔들이 안 거야?"

웅은 고개를 끄덕였다. 규철의 무리는 현수가 전학 온 직후부터 전에 다닌 학교에서 겪은 일을 알고 있다며 모욕적인 별명을 붙여 가며 놀렸다. 조롱의 수위가 점점 높아지는가 싶더니 급기야 돈을 요구하기 시작했다. 수학여행에서 돌아오면 내놓으라는 액수는 용돈을 모아 감당할 수 있는 금액이 아니었는데, 규철은 숙소에서 반 아이들의 지갑이라도 훔쳐서 돈을 마련하라고 했다. 그러지 않으면 이 학교도 얻어터지면서 다니게 될 거라는 협박이 이어졌다. 겁에 질린 현수는 규철의 지시대로 돈을 훔치거나 자신이 사라지는 수밖에 없다고 여겼다. 그날 무작정 도망쳤던 이유가 거기에 있었다고 웅은 전했다.

경진은 황태 가루가 묻은 손을 털고 휴대폰 화면을 확인해 보았다. 해미에게서는 여전히 기별이 없었다. 자리에서 일어나 맥주 한 병을 더 가지고 왔다.

"천천히 마셔. 현수 형도 지금은 태권도 사범님이랑 잘 사니까."

웅은 그렇게 말하는 한편 경진의 잔을 채워 주었다. 그는 병따개를 만지작거리면서 말을 이었다.

"근데 우리 누나가 쌍둥이들 가졌을 때부터 그러더라고. 애들 관련해서 안 좋은 뉴스를 보면 감정이입이 되는 게 전하고는 차원이 다르다고 말이야. 무서운 뉴스가 귓가를 스치는 게 아니라 살을 파고드는 것 같다고. 그때는 솔직히 좀 오버한다고 생각했거든?"

경진은 금요일 밤에 해미네 어머니에게서 처음 연락을 받았을 때를 떠올리고 한숨을 내쉬며 잔을 비웠다.

"너까지 웬 한숨이야. 무슨 일 있어?" 경진이 고개를 젓자 웅은 자기 잔을 채우며 말을 이었다. "근데 우리 쌍둥이들이랑 지내다 보니까 요새는 그게 어떤 느낌인지 알겠더라고."

연약하고 작은 몸을 품에 안아 들고, 씻기고, 밥을 떠먹이며 눈을 맞추는 시간이 늘어날수록 웅 또한 누나가 느꼈던 두려움을 느끼게 됐다. 쌍둥이들의 안녕을 위해서라면 무엇이든 하리라고 다짐했다. 그러던 차에 현수의 고백을 듣고 나서 들었던 감정을 설명하기 위해 말을 고르던 웅은 불쑥불쑥 갑갑증이 인다고 중얼거렸다.

"다행히 우리 쌍둥이들은 피해 간다고 해도 세상에서 그런 일이 사라지는 건 아니니까 겁나. 더 센 쪽한테 물어뜯기고, 도망 다니고. 그게 끔찍해서 서로 더 강해지려고 아득바득 밟고 경쟁하고. 가만 보면 인생이 그냥 그걸 반복하는 거 같은 거야. 실은 사람 사는 세상만 그런 것도 아니잖아? 자연 자체가 약육강식에 적자생존이니까. 그럼 생명은 그 자체로 잔인한 건가 싶은 거지. 그 생각만 하면 진짜로 좀 가슴이 답답해지더라고, 얹힌 것처럼. 이상해. 누나한테 옳은 거 같아."

"나 어릴 때 백과사전 보는 거 되게 좋아했거든. 그때 먹이사슬 표 보면서 지금 네가 말한 그런 감정이 들었어. 훨씬 더 막연한 느낌이긴 했지만."

"어릴 때부터? 너 그래서 생물 전공한 거야?"

"그거야 영향이 없다고 할 수는 없는 정도지 뭐. 전공이야 점수 맞춰서 갔지." 경진은 솔직히 밝히고 고개를 두리번거리며 점원을 찾았다. "근데 네가 놓친 게 있어. 생물들이 존재하는 방식이 있지, 그게 약육강식하고 경쟁으로만 꽉 차 있는 건 아니야."

"정말? 잘 들어 놔야겠다. 다른 방식에는 뭐가 있는지."

웅이 자세를 고쳐 앉았다.

"기생. 우리 집에만 하더라도 있었는데. 몇십 년을 그러고 사셨던 분이." 경진은 허탈함에 어깨를 늘어뜨리는 웅의 팔을 건드리며 말을 이었다. "야, 그리고 공생이 있잖아. 예가 얼마나 많은데. 이 황태 다 먹을 때까지 공생하는 생물들, 호혜적으로 서로 돕는 관계만 읊어도 끝이 안 날걸."

"그렇게 많아? 악어랑 악어새 관계 배우면서 악어새는 참

비위도 좋다고 생각한 기억밖에 없는데."

"「니모를 찾아서」 알지? 그 애니 주인공으로 나오는 클라운피시도 말미잘이랑 공생하는 걸로 유명해. 클라운피시는 10센티미터 내외니까 큰 물고기한테 쫓기면 말미잘 안으로 숨거든. 촉수에 독이 있지만 마음대로 움직이지 못하는 말미잘 입장에서 보면 화려한 클라운피시가 먹잇감을 가져다주는 거지. 나중에 쌍둥이들이랑 사진 한번 찾아봐." 경진이 잔을 들어 목을 축였다. "사실 깊은 바다까지 갈 것도 없어, 동네마다 골목마다 공생의 예시야 널렸으니까."

웅은 고개를 갸웃하더니 소스 종지를 가져가 마요네즈를 더 받아 온 후에 "개미하고 진딧물. 그 이상은 진짜 모르겠는데."라고 덧붙이고는 노르스름한 황태포에 마요네즈를 듬뿍 찍었다.

경진은 이런 화제가 나왔을 때 언제나 그랬듯이 꽃과 꽃 사이를 잇는 벌과 나비, 열매의 과육을 먹고 씨앗을 퍼트리는 새와 크고 작은 동물들의 관계를 짚었다. 그제야 웅도 고개를 끄덕였다.

"그럼 지구상에 먹고 먹히는 관계랑 그렇게 서로 돕는 관계랑 어느 쪽이 더 많은지도 아니? 아닌가? 그걸 숫자로 비교할 수는 없으려나?" 웅이 입으로 잔을 가져가려던 동작을 멈췄다. "어쨌거나 우리 쌍둥이들한테도 그렇게 알려 줄 수는 있

다는 거지? 니모부터 꽃 한 송이까지 자연에도 공생이 넘쳐
난다고. 그게 막 피부로 느껴지지는 않을지 몰라도."

"얘기해 주면서 같이 더 많이 찾아봐. 그럼 피부로도 느껴
질지 모르잖아." 경진이 잔을 들어 웅의 잔에 부딪치자 둔탁
한 소리가 났다. "아까 그 큰 그네에 두 번째로 탄 애 있지. 걔
표정은 아무리 봐도 친구랑 재미있게 노는 애 얼굴이 아니었
어. 괴로워 보였다고."

4부

웅과 헤어지고 전주역에 닿을 때까지도 해미에게서는 소식이 없었다. 연락이라고는 은주가 보낸 메시지뿐이었다. 아무래도 결혼 계획을 없던 일로 해야겠다는 판단이 드는데, 앞으로 수습할 일을 생각하자니 입맛이 써서 종일 굶었다는 내용이었다. 식욕을 자극할 요량으로 경진은 반찬이 두 줄로 늘어선 백반부터 황태구이까지 전주에서 먹은 음식 사진을 모조리 전송해 주었다.

약 올라 하는 은주에게 메시지를 적던 경진이 부지런히 움직이던 손가락의 움직임을 멈추고 고개를 든 것은 대기석 앞에 놓인 텔레비전에서 흘러나온 뉴스 때문이었다. 그 순간 경진은 뉴스가 살갗으로 파고드는 것 같다던 웅의 이야기를 떠올리지 않을 수 없었다.

해미야. 다음 소식으로 넘어가 화면이 바뀔 때까지 경진은 속으로 몇 번이고 해미의 이름을 불렀다. 해미야, 세상이 이렇게 위험한데 도대체 지금 어디에 있니. 잠시 망설인 끝에 전화를 걸어 보았지만 전원이 꺼져 있다는 안내 음성이 들릴 뿐이었다. 경진은 멍하니 화면을 바라보다가 자리에서 일어났다. 슬슬 플랫폼 쪽으로 내려가야 할 시간이었다. 그러나 몇 발자국 떼지 않아 걸음을 멈추고 해미 어머니에게 연락을 시도했다. 통화 연결음이 이어지다가 음성 사서함으로 넘어간다는 안내가 나오도록 경진은 휴대폰을 쥔 채 꼼짝하지 않고 서 있었다. 그 자리에서 한 번 더 전화를 거느라 경진은 예매해 둔 열차가 출발하기 직전에 겨우 올라탈 수 있었다.

숨을 헐떡이며 자리를 찾은 경진은 뒷좌석과 마주 보도록 좌석 방향이 돌려져 있고 기역 자 모양으로 둘러앉은 세 명이 일행이라는 사실을 알게 되었다. 50대 가량의 세 여성은 경진이 등장하자 이대로 가도 되겠느냐고 양해를 구하는 쪽과 당장 원상태로 돌려 주겠는 쪽으로 나뉘었다.

"우리가 교양 없이 크게 떠들고 그러진 않을 거예요. 소곤소곤 얘기할게요." 일행 중 한 명이 이온 음료를 건네며 사정하는 바람에 경진은 엉거주춤한 자세로 음료를 받았다. 옆자리에 앉은 여자는 맛보라며 찹쌀도넛을 건넸다. 엉겁결에 받은 것들을 먹고 마시며 경진은 세 명의 여행담을 듣느라 시간 가는 줄을 몰랐다. 맞은편에 앉은 분이 특히 입담이 좋았는데 "하, 정말 장관이었어요, 세상에!" 하며 이어질 얘기에 앞서 던지는 감탄사에 묘한 중독성이 있었다.

"안 그래도 우리 집 단골들도 종종 그런 얘기 해요. 우리 미용실에서 머리하면 지루하지가 않대요. 원장님 얘기 듣느라 파마고 염색이고 시간이 후딱 간다고요."

미용사는 호탕하게 웃더니 어릴 때는 성격이 정반대였다고 했다. 학창 시절만 하더라도 친구는 지금 옆에 있는 두 명뿐이었다는 것이었다.

"손님들 대하는 동안에 성격이 바뀌신 거예요?"

"어릴 때도 떠드는 건 좋아했는데 기가 죽어서 조용히 있었죠. 집이 참 기똥차게 못살았거든요. 그때는 학교에서 체벌이 심했잖아요. 하, 참 억울한 일인데 집이 못살면 남들보다 맞을 일이 더 많았어요. 그러니 원래 성격이 어쨌든 기가 팍 죽을 수밖에요."

"우리 고2 때 담임이 아주 악질이었지." 미용사 옆자리의 여자가 거들었다. 무테안경 너머 차분한 눈빛만큼이나 덤덤한 어투였다. "요즘 그렇게 때렸다가는 뉴스에 나오련만."

미용사는 그때 담임에게 손바닥을 맞는 것은 맞는 축에도 들지 않았다며 맞장구를 쳤다. 그러면서 성인이 되고도 한참

이나 잊히지 않던 게 그가 "전부 책상 위로 올라가!" 하며 눈을 부라리던 순간이었다고 했다.

끝이 갈라지는 매서운 목소리로 불호령이 떨어지면 학급 전체가 일제히 책상 위에 무릎을 꿇고 발바닥은 책상 밖으로 나오도록 앉아야 했다. 때리기 편하도록 자세를 잡는 것이었다. 그러면 대체로 발바닥을 맞았지만 어느 날은 같은 자세로 허벅지를 맞기도 했다. 발바닥과 허벅지를 맞는 날에 어떤 차이가 있는지 맞는 쪽에서는 알 도리가 없었다. 어느 편이든 겁이 났고, 순서를 오래 기다릴수록 공포감이 커져서 훌쩍이지 않으려고 이를 악물어야 했다. 때로는 한 줄씩 교단 앞으로 나가 엎드려뻗쳐를 하고 엉덩이를 맞는 일도 있었다. 담임은 매질을 전문적으로 배운 사람처럼 멍이 옷 밖으로 드러나지 않으면서 아프게 때릴 수 있는 부위를 잘도 알았다.

"혼날 만한 일이 있어서 맞으면 그나마 좀 덜 억울할 텐데, 뭐 하나 거슬리고 수틀리면 무조건 반 전체가 혼나는 거예요. 학교가 군대도 아닌데 툭하면 이것들이 빠져 가지고! 하면서 성질을 내는데…… 하, 참, 독재자가 따로 없었죠." 미용사는 고개를 절레절레 저었다. "근데 그런 사람이 종례하다가 말고 팍 째려보면서 야! 넌 왜 건방지게 혼자 수학여행 안 간다고 그래? 하고 따지는데 심장이 덜컥. 안 그랬겠어요?"

"사정이 안 되니까 못 가는 거지 거기에 이유가 어딨어. 왜

가 어딨어."

안경 쓴 여자가 기막히다는 듯 중얼거렸다.

"설마 담임이 그 이유로 매를 들지는 않았죠?"

경진이 조심스레 물었다.

미용사는 그렇다고 말했다. 또다시 전체 기합과 체벌이 시작될까 봐 쥐 죽은 듯 조용한 교실에서 혼자 선 채로 죄송하다고 빌면서 고개도 못 들고 있었는데 "아이씨, 됐어. 앉아." 하고 말더라는 것이었다.

자기 때문에 반 전체가 혼날까 봐 마음을 졸인 탓에 미용사는 일단 안도감이 들더라고 했다. 그러다 교문을 나설 때쯤 눈물이 났다. 부끄러웠고, 실은 자기가 잘못한 것도 아닌데 공개적으로 책망을 당한 게 서러웠고, 그런 식으로 억울한 일이 처음이 아니었던 터라 지긋지긋한 감정이 마음을 파고들었다. 여기가 내 자리가 맞을까. 이런 일은 앞으로도 얼마든지 일어날 텐데 학교에 꼭 다녀야 할까. 차라리 내일부터라도 엄마를 따라 일을 나가는 게 낫지 않을까 싶더라고 미용사는 고백했다.

"그때 애들이 막 달려오더니 우리도 수학여행 안 갈래 하는 거예요. 경주는 나중에 학교 졸업하면 우리 셋이서 따로 가자면서. 그때 얘가 경주 별로 볼 것도 없다고 그러는 거예요." 미용사는 경진의 옆자리에 앉은 여자를 가리키며 눈시울을 붉혔다. "자기가 작년에 가 봤는데 재미 하나도 없었다고 그때 그러더라고요. 근데 그게 순 거짓말인 게 재작년에 우리 경주 갔을 때 얘가 제일 좋아했어요. 사진 한 100장은 찍었으니까. 100장도 넘을 거야 아마."

"얘가 원래 사진 찍는 거 좋아하잖아."

안경 쓴 여자가 빙긋 웃으며 대꾸했다.

경진의 옆자리에서 여자는 눈물을 참으려는 듯 입을 앙다물고 고개만 끄덕였다. 경진은 티슈를 건네면서 그녀가 두르고 있는 페이즐리 패턴의 연노랑 스카프가 근사하다고 화제를 돌렸다. 그러자 눈물을 삼키던 여자의 표정이 환해졌다.

"아 이거, 우리 딸이 외국 출장 다녀오면서 사다 준 거예요. 실크 100프로라서 너무 비싸더라고요. 가격 듣고 너 미쳤니, 내가 너 땜에 못 산다 소리가 절로 나오더라니까요. 이거 한 장에 그 돈을 쓰는 게 말이 안 되지. 근데 실크라 보통 때 막 쓰는 거랑 다르긴 다르더라고요, 확실히. 부드럽기는 정말 부드러워."

"아유 못 살기는, 딸 없는 사람이 서러워서 못 살지."

미용사가 너털웃음을 터뜨리며 웅얼거리자 스카프를 맨 여자가 무릎 위에 펼쳐 둔 봉지 안의 도넛을 친구들 입에 넣어 주었다. 그러자 안경을 쓴 여자가 "딸도 딸 나름이지." 하고 툭 내뱉고는 입안에 든 것을 꿀꺽 삼켰다.

그녀가 말하기를 실은 이번 순천 여행을 지난해에 갈 셈이었다고 했다. 그런데 딸 때문에 속을 끓이느라 계획대로 떠날 수 없었다는 것이었다. 당시 그녀의 딸은 초과근무를 한 달에 100시간씩 시키는 회사에서 혹사당하다가 우울증에 디스크가 겹쳐 회사를 그만둔 상태였다. 퇴사 후 딸이 한동안 집 밖출입을 하지 않고 방에만 틀어박혀 있는 통에 여행을 떠날계제가 아니었다는 것이었다.

"그래도 살다 보니까 이렇게 옛날 일처럼 얘기하는 날이 또오네. 내가 그때는 하도 스트레스를 받아서 원형 탈모까지 왔는데, 안 그래도 벗겨진 남편이랑 부부가 쌍으로 민머리가 될뻔했는데."

표정의 변화가 없는 얼굴에서 쌍으로 민머리라는 표현을듣자 경진은 비어져 나오는 웃음을 삼키기 위해 아랫입술을세게 깨물었다. 스카프를 맨 여자는 "그래그래, 잘 지나갔어.머리숱도 돌아왔잖아. 여기서 네 정수리가 제일 빼곡해 얘."하면서 마지막 남은 도넛을 친구에게 건넸다.

서울에 도착해 엄마에게 연락하면서 경진은 미용사가 적극 추천하던 순천만 정원에 대해 말했다. 단박에 해외여행을감행하는 게 부담이 된다면 전주에서 멀지 않은 곳을 함께다녀오자고. 그러자 엄마는 저녁 산책을 마치고 돌아오는 길에 바람이 차서 쌀쌀하더라며 딴청이었다.

감기 조심하라는 엄마의 당부에 건성으로 대답했지만 집

에서 가까운 지하철역에 내렸을 때는 경진도 옷깃을 세웠다. 다시금 비라도 내리려는지 공기가 습하고 찼다. 뜨거운 물에 몸을 담그고 싶었으나 남아 있던 입욕제를 휴가의 시작과 함께 써 버린 터였다. 휴가의 마지막 밤이라는 아쉬움이 스치던 그때 24시간 영업을 알리는 찜질방 간판이 눈에 들어왔다.

경진이 찜질방을 찾은 것은 수년 만의 일이었다. 탈의실에서 알몸이 되자 썰렁한 실내 기온 때문에 팔다리에 소름이 돋았다. 급히 진달래색 찜질복에 팔을 끼워 넣으면서 경진은 서울에서 언니와 첫 번째 자취 생활을 하던 반지하 방의 욕실을 떠올렸다. 아무리 청소를 해도 타일 사이에 곰팡이가 피었고 나무 문은 허물을 벗듯 한 겹씩 벗겨졌다. 게다가 수압도 낮아 경진은 주말이면 동네 목욕탕을 찾았다.

자신이 반지하 방에서 벗어난 것과 주택가에도 목욕탕보다 찜질방이 더 흔해진 것 중 어느 편이 먼저였을까? 경진은 아리송한 기억을 더듬으며 온도계가 45도를 가리키고 있는 황토방에 들어갔다. 방 안쪽 벽면에 텔레비전이 틀어져 있어 반대편 구석에 자리를 잡았다. 그리고 눕자마자 깜빡 잠이 들었다가 20분도 지나지 않아서 사람들의 웃음소리에 정신을 차렸다.

선잠을 자며 꾼 꿈이 무척 생생했다. 꿈에서는 아주 많은 사람들이 피 한 방울 흘리지 않으면서 죽어 갔다. 경진은 꿈의 잔상 때문에 한동안 그대로 자리에 누워 있었다. 긴장한 탓인지 어깨가 결렸다. 전신 마사지가 절실했지만 목욕탕이 있는 층의 데스크에 묻자 오늘은 경락 마사지사가 집안 사정으로 인해 쉰다고 했다.

"찌뿌둥해서 그러면 때를 밀어 보면 어때요? 여기 욕장에서 하시는 아줌마가 진짜 잘하거든. 젊은 사람들도 한번 받아 보고 나면 단골 되던데? 진짜 잘해, 그 아줌마."

마치 용한 점쟁이를 소개하는 것 같은 말투에 호기심이 동해서 경진은 욕장으로 향했다. 등 마사지를 포함한 미니 마사지 코스는 3만 원이라니 가격 부담도 없었다. 세신사의 서비스를 받아 보는 것은 난생처음이었다. 아마 서너 살만 어렸어도 때를 미는 것은 고려 대상에조차 안 들었겠지 하는 생각을 하면서 경진은 실없이 혼자 웃었다.

헐렁한 속옷을 입은 세신사 아주머니는 경진보다 키가 조금 작고 체격도 왜소한 편이었다. 경진은 내심 그녀에게 자기 몸을 맡기는 게 염치없는 일 같았다. 세신사가 경진의 표정을 읽은 듯 "이건 힘으로 미는 게 아니라 기술로 하는 거예요." 하고 말했다. 시원스러운 말투에 힘 있는 목소리로 보건대 아직 40대일지도 모르겠다는 추측이 들었다. 그럼에도 불구하고 경진은 여전히 세신사가 못 미더워 보였다.

세신사는 우선 따듯한 물로 경진의 몸을 적셨다. 미지근하

지도 뜨겁지도 않은, 스르륵 몸이 풀리는 것만 같은 온도에
절로 안도의 한숨이 새어 나왔다. 세신사는 자신감 어린 어투
로 몸이 뻐적지근하다 싶으면 자주 목욕탕에 오라고 말했다.

"옛날에나 빡빡 밀고 그랬지. 요새는 요새 스타일로 살살
피부 자극 안 가게 하니까 아가씨들이 자주자주 해도 암씨롱
안 해요."

오른손에 샛노란 때 타월을 낀 세신사는 자신이 할 수 있
는 서비스가 세신뿐 아니라 등 마사지, 전신 마사지, 오일 마
사지 등등 다양하다며 각각의 서비스 가격을 알려 주었다. 이
용 가능한 시간대도 길다는 이야기를 듣고 경진은 그럼 이분
은 매일 열두 시간 가까이 일한다는 건가 하며 놀랐다. 그러
자 순간적으로 수분과 열기를 머금은 욕장 안 공기에 숨이
막히는 듯했는데 다음 순간 세신사가 한 번 더 경진의 온몸
에 물을 끼얹었다. 처음보다는 조금 미지근한 물이었다.

경진이 엎드렸을 때 세신사는 자신이 다섯 남매 중 셋째로
태어났다는 데서 이야기를 시작했다. 이제 사람들의 고백에
익숙해진 경진은 당연한 일인 양 그녀의 말에 귀를 기울였다.

첫째인 큰언니는 맏딸인 데다 당차고 믿음직스러워서, 둘
째는 장손이어서, 자신과 다섯 살 터울이 진 넷째는 아들이
었고 다섯째는 딸이었지만 막내라 각각 귀한 대접을 받을 이
유가 있었다는 게 세신사의 설명이었다. 그런데 자신에게는

부모와 조부모에게 각별한 귀여움을 받을 만한 특징이 아무 것도 없었다고 잘라 말했다. 부모는 또래에 비해서도 더 옛날 사람에 촌사람들이었고, 그 촌구석에서도 유달리 가난하기까 지 했다고 얘기하면서는 타인의 안타까운 사정을 전하는 양 혀를 끌끌 찼다.

"아가씨는 대학에서 뭘 배웠어요?"

양손 엄지로 경진의 어깨를 지압하던 세신사가 물었다.

"저는 생물 전공했어요."

"멋있네. 요새 아가씨들한테 물어보면 다들 대학까지 나오 고 전공한 게 있더라고요. 그야 대학에 가는 내 또래 여자들 도 있기는 했지. 우리 집에서는 꿈도 못 꿨어요. 언니나 나나. 막내는 나중에 지가 벌어서 간 거고. 언니랑 나랑 넷째가 십 시일반 보태 줬지만. 오빠는 나 몰라라 하더라고요. 받을 줄 만 알지 뭐. 말해 뭐 해."

사실 그녀는 공부 머리가 있는 것은 아니라고 덧붙였다. 총 명한 쪽은 맏언니였다는 것이었다. 그녀가 아쉬운 것은 대학 교 졸업장 같은 게 아니었다. 그런 것은 꿈꿔 본 적도 없었다. 다만 그녀는 자신이 지금의 남편을 만나서 부모 품을 떠날 때까지 단 한 번도 부모가 그녀에게 뭔가를 기대하거나 그녀 의 일을 진정으로 궁금해한 기억이 없다는 사실이 가슴에 맺 혀 있었다.

세신사가 어릴 때부터 어머니에게 들은 말이라고는 딱 두 종류뿐이었다고 했다. 그중에는 계집애가 해 지고 나서 함부로 돌아다니면 안 된다거나 문지방에 앉지 말라거나 다리를 떨면 복이 달아난다는 말처럼 뭔가를 하지 말라는 말이 압도적으로 많았다. 나머지는 큰언니를 도와서 동생들 저녁을 먹이라거나 숙제를 마쳤으면 앉아서 마늘을 까라거나 하는 뭔가를 해 놓으라는 말들, 다시 말해 "네."라고 대답하면 그걸로 끝인 말들뿐이었다.

그럼에도 세신사는 돌아가신 어머니를 원망하지 않았다. 열아홉에 시집와서 다섯 남매를 건사한 어머니를 생각하면 지금도 가슴이 아리기 때문이었다. 어머니는 일평생 해야 할 일이 너무도 많았으므로 잘난 것 하나 없는 셋째 딸에게까지 관심을 기울일 짬이 없었으리라는 것도 이해했다.

다만 그녀는 자신의 딸에게는 다른 성장기를 경험하게 해 주고 싶었다. 그래서 배 속에 있을 때부터 틈날 때마다 최대한 다양한 질문을 하려 애썼다고 했다. 오늘 기분은 어떠니, 너는 나중에 커서 뭐가 되고 싶으니, 어떤 곳을 여행해 보고 싶으니, 주변에 아무래도 친해지기 어려운 친구가 있지는 않니, 요즘 어떤 노래를 듣니, 제일 친한 친구와 주로 어떤 얘기를 하니, 요즘은 무얼 고민하고 있니……

귀찮을 법도 하건만 천성이 밝고 따뜻한 딸은 항상 엄마의

말에 귀를 기울였다고 했다. 그리고 꼬마 때뿐만 아니라 고등
학교에 진학하고서도 변함없이 다정하게 대답해 주었다. 한
번도 짜증을 내거나 단답형으로 툭, 대답한 일이 없었던 딸.
그렇기 때문에 더더욱 그녀는 딸의 마지막이 어떠했는지 알
수 없다는 사실이 믿기지 않는다고 말했다.

"그런 엄청난 사고가 날 줄 누가 알았겠어요. 하필이면 그
날 거기 있었던 게 내 새끼가 될 줄 어떻게 알았겠어요."

어깨 위에 떨어진 뜨거운 물방울이 세신사의 눈물이라는
것을 알 수 있었다. 경진의 눈에서도 눈물이 흘렀다. 세신사
는 눈물을 훌쩍이며 경진의 몸 위를 따뜻한 물로 다시 한번
훑어 냈다. 경진은 잠시 숨을 고르고 손등으로 눈가를 닦은
후에 몸을 일으켰다. 그리고 세신사의 손에서 노란 때밀이 장
갑을 벗기고 그녀의 두 손에 자신의 손을 포갰다. 경진이 할
수 있는 일이라고는 그뿐이었다. 따님은 분명 좋은 곳으로 가
셨을 거라고 전하고 싶었지만 입이 쉬이 떨어지지 않았다. 두
사람은 그렇게 잠시 손을 맞잡고 있었다.

찜질방 밖으로 빠져나오자 차가운 공기가 피부를 파고들었
다. 따뜻하게 데워진 몸으로 집으로 향하면서 경진은 세신사
의 이야기를 좀 더 차근히 들었어야 하는 게 아닐까 생각했
다. 그녀에게 눈물을 흘려보낼 시간을 조금이나마 더 주었어
야 하는 게 아닌가 하는 질문이 마음속을 헤집었다.

그런 기분을 일거에 뒤집은 것은 휴대폰의 메시지였다. 아무런 일도 없었다는 듯 해미에게서 메시지가 도착했다.

쌤, 내일 보충 30분만 늦게 시작해도 돼요?

금요일 수업 이후에 무슨 일이 있었으며, 도대체 언제 집에 돌아왔는지에 대한 설명은 없었다. 순간 경진은 정수리에 열이 올라왔지만 어찌 됐든 해미가 무사하다는 데 감사해야 한다고 마음을 다잡았다.

화요일 밤, 경진은 해미가 요청한 대로 여느 때보다 30분 늦은 시간에 해미의 집으로 갔다.

"오늘 한 시간 보강해야 되는 거 알지?"

짐짓 밝은 어투로 물었을 때 해미는 "네." 하고 짧게 대답했다. 해미는 경진과 눈을 맞추지 않고 책상에 앉자마자 교재부터 펼쳤다. 그것은 곧장 열심히 수학 문제를 풀겠다는 의사표현이 아니었다. 단지 더 이상 이야기하고 싶지 않다는 사인이었다. 경진은 해미를 1년 남짓 보아 왔고 지금껏 해미의 꿈이나 내밀한 고민에 대해서는 크게 관심을 두지 않았지만 그 정도는 알았다.

수업 직전의 통화에서 해미 어머니는 해미가 전날 오후에 돌아왔으며 주말 동안 어디서 무엇을 했는지에 대해서는 한 마디도 입을 열지 않았다고 말했다.

"나야 그렇다 치더라도 금요일 밤부터 너희 부모님이 얼마나 걱정하셨는 줄 알아?"

해미는 대답 없이 고개만 끄덕였다.

"오늘은 나한테 얘기하고 싶은 기분이 아닌가 보다?"

해미는 여전히 경진에게 시선을 주지 않은 채로 교재를 천천히 넘기기 시작했다.

"주말 동안 내가 만났던 사람들이랑 반대네. 너 없어졌던 동안에 나한테 아주 희한한 일이 있었거든. 다들 나한테 얘기하고 싶어서 난리였어. 세상에 정말 힘들게 사는 사람이 많더라. 그런 얘기를 듣는데 내 기분이 어땠냐면⋯⋯"

돌연히 다가와 속내를 털어놓던 사람들의 얼굴이 떠올라 경진은 잠시 말을 멈추었다. 어깨 위로 떨어지던 세신사의 눈물, 그 감촉이 되살아나는 것 같아서 자기도 모르게 한숨이 비어져 나왔다.

"아빠도 그랬어요. 어른들 사는 게 얼마나 힘든지 아느냐고요. 아빠가 무슨 일 하는지 모르냐고요. 딸이 가출했다고 경찰에 신고도 못 하는 아빠가 얼마나 힘들었는지 상상도 못 할 거예요."

"아버님이 그렇게 말씀을 하셨구나."

해미가 고개를 끄덕이자 머리칼이 흔들리면서 부풀어 오른 뺨이 보였다.

"아버님 하시는 일이 어떻든 그건 해미가 어쩔 수 있는 문제는 아닌데."

"그렇죠."

"아버님이 또 뭐라고 하시던?"

"제가 왜 힘든지는 안대요. 그런데 그건 제가 직접 겪은 일도 아니고, 지내다 보면 잊을 수 있으니까 잊으라고요."

"그래. 해미가 직접 겪은 일이 아니라니 뭐가 됐든 그건 다행이다. 그럼 다음 시험을 대비해야 되니까 진도를……."

경진은 교재를 펼쳤다. 하지만 다음 순간 마음을 고쳐먹고 교재를 덮었다.

"무슨 일이 있었는지 선생님한테 한번 말해 봐. 천천히 다 들어 줄게. 오늘 시간도 한 시간 더 있잖아."

해미는 그제야 고개를 들고 경진의 얼굴을 바라보았다. 사라졌던 사흘 동안 무슨 일이 있었을까. 그에 앞서 무엇이 잊히지 않는 기억이 되어 이 아이를 괴롭히고 있을까. 경진은 섣불리 짐작하는 것을 멈추고 눈물이 맺힌 해미의 눈을 가만히 들여다보았다.

작가의 말

햇살이 드리운 거리를 느긋하게 걷고
얼굴을 마주하고
더 많은 이야기를 나눌 수 있기를.

2020년 5월

은모든

추천의 글

정세랑(소설가)

어떤 소설가가 꾸준하면서도 신선할 수 있을까? 어떤 소설이 자연스러우면서도 기이할 수 있을까? 은모든은 독보적인 균형 감각으로 그 상반되는 지점들을 오간다. 『모두 너와 이야기하고 싶어 해』는 전작들의 매력을 고스란히 가지고 있으면서 한층 진중하다. 고요한 집중력으로 듣는 행위에 대해 풀어내는데, 나란히 따라가다 보면 읽는 일과 듣는 일이 무척 닮았다는 점을 깨닫게 된다. 다른 사람에게 무슨 일이 일어나고 있는지 정말로 사려하는 사람들만이 읽고 듣는 것이다. 갑작스럽게 울컥 이야기를 털어놓고 싶은 상대는 잘 만든 도자기처럼 건조하고 오목한 이가 아닐까? 소설 속의 경진이, 경진을 만들어 낸 은모든이 그런 사람이기에 타인들의 내밀한 마음은 오목한 그들에게로 와 고인다. 또한 이 작품은 지나친 자기애도, 격한 자기혐오도 없이 자신과 외부 세계의 관계를 설정해 나가는 묘한 며칠에 대한 소설이기도 하다. 인물들은 걷고, 헤매고, 자라고, 말하고, 듣고, 넘어선다. 마지막 넘어서는 순간은 확실히 빛이 난다. 눈물의 빛이면서 이해의 빛이다. 은모든이 또 어느 방향을 택하여 자신만의 속도로 나아갈지, 나는 이미 감탄할 준비가 되어 있다.

추천의 글

김혼비(에세이스트)

산책이 책이라면 은모든의 소설 같을 거라고 늘 생각해 왔다. 그는 주로 세상의 중심에서 밀려났거나 벗어났거나 방황하는 현대인들의 이야기를 소설마다 다양한 방식으로 그리지만, 그 기저에 한결같이 흐르는 나른하면서도 느긋하고 무겁다가도 홀가분해지는 은모든 특유의 리듬은 햇볕이 따뜻한 날 강변을 산책할 때의 그것과 무척 닮았다. 그에게는, 사람을 한순간에 무너뜨리고 마는 일상의 미세하고 치명적인 균열을 들여다볼 때에도, 그 균열의 주인이 눈이 부시지 않도록 서치라이트 대신 은은한 불빛을 선택해 비추는 마음이 있다. 균열을 손에 잡힐 듯 세세하게 그려 낼 때에도, 그 균열의 틈새마다 기어이 희망의 싹 하나씩을 심어 놓고 나오는 마음이 있다. 우연히 마주친 빈 공간 앞에 멈춰 서서 원래 아무도 없는 것인지 있어야 할 누군가가 사라진 것인지를 따져 보는 그런 마음이 있다. 이 책의 끝에서 '경진'이 그리하듯 누군가가 사라지지 않게 붙들어 놓고자 최선을 다해 보는 그런 마음이 있다. 그런 마음들이 모인 그의 소설을 읽고 나면 그저 하염없이 걸었을 뿐인데 몸이 충분한 볕을 머금고 어느새 스르륵 풀려, 산책에서 막 돌아온 기분이 드는 것이다. 역시 은모든에게는 마음을 내맡겨도 좋겠다고 생각했다. 꿈결 같은 산책이었다.

오늘의
젊은 작가
27

모두 너와 이야기하고
싶어 해

은모든 장편소설

1판 1쇄 펴냄 2020년 5월 29일
1판 10쇄 펴냄 2024년 6월 28일

지은이 은모든
발행인 박근섭·박상준
펴낸곳 (주)민음사

출판등록 1966. 5. 19. 제16-490호
주소   서울시 강남구 도산대로1길 62(신사동)
          강남출판문화센터 5층(06027)
대표전화 02-515-2000 | 팩시밀리 02-515-2007
홈페이지 www.minumsa.com

ISBN 978-89-374-7327-2 (04810)
ISBN 978-89-374-7300-5 (세트)